Inferno Provisório

VOLUME V

Luiz Ruffato

Domingos sem Deus

EDITORA RECORD

RIO DE JANEIRO • SÃO PAULO

2011

Cip-Brasil. Catalogação-na-fonte
Sindicato Nacional dos Editores de Livros, RJ.

R864d   Ruffato, Luiz, 1961-
        Domingos sem Deus / Luiz Ruffato. – Rio de Janeiro :
        Record, 2011.
        (Inferno provisório ; 5)

        ISBN 978-85-01-07512-3

        1. Romance brasileiro. I. Título. II. Série.

                                    CDD 869.93
11-3266   CDU 821.134.3(81)-3

Copyright © Luiz Ruffato, 2011

Projeto gráfico: Regina Ferraz

Texto revisado segundo o Novo Acordo Ortográfico da Língua Portuguesa.

Direitos exclusivos desta edição reservados pela
EDITORA RECORD LTDA.
Rua Argentina 171 – Rio de Janeiro, RJ – 20921-380 – Tel.: 2585-2000

Impresso no Brasil

ISBN 978-85-01-07512-3

Seja um leitor preferencial Record.
Cadastre-se e receba informações sobre
nossos lançamentos e nossas promoções.

Atendimento e venda direta ao leitor:
mdireto@record.com.br ou (21) 2585-2002.

EDITORA AFILIADA

Para Geni e Sebastião
Para Helena e Filipe

E Daniel disse: "Tu te lembraste de mim,
ó Deus, e não abandonaste os que te amam".

Daniel 14:38

Também há as naus que não chegam
mesmo sem ter naufragado:
não porque nunca tivessem
quem as guiasse no mar
ou não tivessem velame
ou leme ou âncora ou vento
ou porque se embebedassem
ou rotas se despregassem,
mas simplesmente porque
já estavam podres no tronco
da árvore de que as tiraram.

Jorge de Lima

Domingos sem Deus

Morrer tão completamente
Que um dia ao lerem o teu nome num papel
Perguntem: "Quem foi?"...

Morrer mais completamente ainda,
— Sem deixar sequer esse nome.

Manuel Bandeira

Mirim

Perguntassem — e perguntavam — ao seu Valdomiro, no forró do Centro de Recreação do Idoso, nas caminhanças no Jardim Inamar, no palavrório bem-te-vi no centro de Diadema, o momento mais arco-de-triunfo da sua vida, ele, estalando de felicidade, responderia, despachado, o dia que tirei retrato para a formatura da quarta série, amplo sorriso rejuvenescendo a carapinha grisalha. E os olhos remexeriam os fundos dos fundos dos seus guardados, estufados envelopes pardos, carteiras profissionais e do INPS, receitas e atestados médicos, chapas e resultados de exames de urina e sangue, santinhos e números antigos da revista Placar, a carta lavrando a aposentadoria, a amarelada fotografia: sentado, braços debruçados sobre a mesa, à esquerda uma plaquinha, 𝕲𝖗𝖚𝖕𝖔 𝕰𝖘𝖈𝖔𝖑𝖆𝖗 𝕻𝖆𝖉𝖗𝖊 𝕷𝖔𝖚𝖗𝖊𝖓ç𝖔 𝕸𝖆𝖘𝖘𝖆𝖈𝖍𝖎𝖔, à direita o globo terrestre, ao fundo, semienroladas, as bandeiras do Brasil e de Minas Gerais. Nas costas, o lápis sua letra miúda desenhou

Professora – Dona Sílvia de Azevedo Novaes
Diretora – Dona Inês Letícia de Assis Malta
Rodeiro, 19 de dezembro de 1958

nomes e data que só lia o tato de suas lembranças, tão sumidos. E o perfume terra-molhada atiçaria aquela manhã: Juventina, a mais velha, tocando ele para a escola, Irineu, o caçula, nas escadeiras, Margarete atrás com o embornal e o

Tigre, um viralatinha besteiro, banzeando entre as pernas, num infatigável vir-e-ir de contentamento. Então, já havia morrido a mãe, no último parto, e criavam-se com os módicos ganhos do pai na máquina-de-arroz que esticava o correame entre março e maio, escasseando a algazarra pelo resto do ano, empurrando-o para os bicos de ferração de cavalos, bateção de pastos, tomação de conta de gado, castração de cachaço, sangração de porco e garrote. E aos filhos cabia a cada um uma tarefa: almoço, janta e lavagem das roupas, à mais velha; arrumar a casa e pajear o caçula, à do meio; cuidar da horta e levar o caldeirão-de-comida para o pai, ao Valdomiro, Mirim, Mosquito Elétrico que zunia pela cidade vruuum!, Sabe andar esse menino não?, comentavam à sua visagem, Só corre!, vruuum! Moravam numa casa cai-não-cai, barro socado em varas de bambu, sapé, chão de terra-batida encerada com bosta de boi, as meninas enfiadas num cômodo, o pai e o menino no outro, o fogão-de-lenha fumaçando pratos e canecas esmaltados na cozinha, o Coração de Jesus resguardando a salinha nua de cadeiras. Não era a Roça ainda, pois que esta começava para além da fazenda do seu Maneco Linhares, mas cidade também não, ermo cujo vizinho mais perto não o alcançaram os gritos desatinados da mãe, em uma tarde submersa no antes.

Seu Valdomiro desembrulha recordações perambulando pelas estreitas ruas de Diadema, onde pousou, mala de papelão e breve esperança de ajuntar dinheiro e candear os sonhos dos irmãos a uma vida melhor, casa de tijolo-e-laje e comida farta, roupa domingueira e cabeça levantada. As mãos escalavradas possuíam pouco mais de dezoito anos, baixa no Serviço Militar, "reservista de terceira categoria", braços torneados a mirréis por dia lavourando fumo e milho de sitiantes italianados. O pai, à altura, labutava no governo de uma serrariazinha, um-dois troncos por dia, e a Juventina, casada, esperava o segundo neném lá dela. A Margarete, namoro firme, estumava o rapaz a levar ela embora, olho-comprido no Rio de Janeiro, Quem seguiu, arrependeu não, afirmava, como conhecesse. O Irineu pescava. Percorria léguas, vara pendoada no ombro, faiscando um corgo, um brejo, uma loca. Pegou intimidade com cascudos, lambaris, bagres, carás, piabas, traíras. O Tigre, velho e manhoso, resfolegava coleado, grotas e perambeiras indevassadas, na guarda do dono. E caçava, o Irineu. De-primeiro, alçapões engaiolavam coleiros e canários, curiós e trinca-ferros, sabiás e garrinchas, azulões e joões-penenês, melros e sanhaços; de-depois, na vargem afundava-se à cata de rãs e piriás, nas matas perdia-se no rastro de lagartos e tatus, nos roçados vigiava saracuras, rolinhas, juritis, marrecos-d'água, Esse menino, meu deus, resmungava o pai, atormentado.

É sim, mas já foi mais, seu Valdomiro empurrou a pedra três-quatro do dominó para a rabeira, Quando cheguei aqui, mil novecentos e sessenta e sete, mão na frente, mão atrás, nem blusa direito, o frio abraçava a gente, roía os ossos, uma coisa! Sem conhecimento, boca à boca acercou à porta da Conforja, "a maior forjaria da América Latina", Jardim Pitangueiras, aquela imensidão de fábrica, Sabe fazer o quê, rapaz? Nada não, mas aprendo logo, o senhor querendo. Mineiro? Mineiro, sim senhor. Entra naquela fila ali. E pouco mais aprumava o peito, carteira assinada no bolso da calça, o pai nem ia acreditar, voltava em Rodeiro, o povo arrodeando ele, roupa de cidade grande, Mas não é que é o Mirim?! Danado, esse menino! Levava presentes para os irmãos, para os sobrinhos, do jeito que é bobo os olhos do pai encheriam de água, É cisco, ô raio!, desconversaria, afastando-se, costas das mãos interceptando o pingo no rosto, Esse meu filho! E pagaria cachaça pra um, cerveja pra outro, encheria as mãos de balas, papai-noel para a criançada pé-no-chão, repartiria pipoca para os saguis que enxameavam os oitis da Praça da Matriz, o séquito em suas pegadas, É o Mirim... Mirim do Tatão Ribeiro? O próprio! Meu deus, o Mirim do Tatão Ribeiro... quem diria... É... assentou em São Paulo... Quem vê ele assim, todo enricado, nem imagina... Pois não é? Genuflexo, frente à imagem flechada de São Sebastião, rezaria contrito na Igreja-Matriz, pensamento enlevado à mãe que tão cedo se juntou aos Eleitos, Em nome do Pai, do Filho e do Espírito Santo, óleo cruzado na testa, oferecem carona na charrete, rever a companheirama do eito, Ê!, que também já fui isso!: anum capengando equilibrista na cerca de arame-farpado, jacu pula-pulando no leito do caminho ensaibrado, seriema limpando a paisagem, cururu enterrado no barro, Ê mundão!, e passa a divisa do Rubens Justi, e a dos Chiesa, e a do Orlando Spinelli, e a dos Bicio, e a do seu Beppo Finetto, e a dos Micheletto, Ê italianada!, É o Mirim, gente, o Mirim!, Alá ele!, Ê, Mirim, apeia aí, vem tomar café com a gente!, Ê, Mirim, apeia aí, vem comer com a gente! Ê Mirim, apeia aí, vamos armar uma briga de galo, de canário, uma pelada, solteiros contra casados, ranca-toco e quebra-canela, Ê Mirim, alembra da Gina? Pegou corpo, inteligente como o diabo, logo-logo casa, assim ó, de pretendente, mas a preferência é procê, né, que a gente conhece desde um cotoquinho assim, Mosquito Elétrico voando pelo Rodeiro, Vamos lá, Mirim, vamos fazer uma farra, Esse Mirim é pedra-noventa!, É o Cão!, É o que há!

Mas não voltou.

A juventude, murmurou, embaralhando as pedras do dominó, A juventude, suspirou, dividindo-as aos parceiros. Se adquiria um cartão-postal do Vale do Anhangabaú ou do Viaduto do Chá, o Correio escondia-se no itinerário. Se tencionava rabiscar uma carta, ausentava-se o papel, ou a caneta, ou o envelope, ou a notícia. Se inventava uma viagem, enroscava-se em requerências. Um mês, dinheiro, outro, coragem; um Natal, novos amigos, outro, família da namorada; um Ano Novo, Santos, outro, plantão; um Carnaval, Rio de Janeiro, outro, o batente; hora-extra em um feriado prolongado, cansaço em outros; umas férias vendidas, outras, necessidade de levantar o barraco, bater a laje, uma novidadezinha para casa... E os anos, fu!, evaporaram. Quando viu, o médico, percorrendo a ponta do dedo indicador no mapa cinzento do seu esqueleto impresso na chapa contra-luz, disse, grave, Escoliose, seu Valdomiro, Vamos ter que encostá-lo.

À janela do quarto número doze do Hotel Coqueiral a tarde se impacienta. O sol ainda se espicha lânguido no cocuruto calvo do morro, mas o lusco-fusco já exige faróis aos barulhos de caminhões e carros que entrecruzam-se no trevo da rodovia Ubá-Leopoldina. Valdomiro ressona, bolor no teto, o corpo castigado pela desconfortável viagem, onze horas entrevado numa poltrona de ônibus, mais cinquenta minutos chacoalhando num parador, nuvens que conformam paisagens apenas adivinhadas. Desembarcou a bolsa na recepção (o rapazinho só surgiu de detrás de uma cortina ramada de chita limpando as mãos na bermuda após várias vezes tocar a campainha) e impaciente pôs o corpo dolorido a caminho. Tropeçou em galpões, carretas carregadas de móveis, *Então prosperou a serrariazinha...* Na Praça da Matriz, nos oitis despejados de seus irrequietos hóspedes empoleirava o silêncio agora. Carros estacionados no quadrilátero, o bar do Pivatto no chão. Na Rua da Roça, borrachas coloridas estendidas por sobre as calçadas águam a poeira dos paralelepípedos. Quede o cheiro de mijo e bosta de cavalo que empesteava as manhãs? Quede a venda? A loja do Turco? A máquina-de-arroz? Rostos indiferentes. *O Mosquito Elétrico vruuum!, Sabe andar esse menino não?, vruuum!* Subiu devagar, arfando, o aclive do cemitério caótico, sem arruamento, covas esparramadas pela rampa, túmulos em mármore e cruzes enfeitadas cravadas no chão duro, sepulturas, catatumbas, carneiros, sepulcros, menos a campa da mãe. Na descida, suando o terno escuro, esbarrou no coveiro, lata de cal e broxa retocando jazigos para o Finados próximo, que ofereceu auxílio na busca, sem sucesso. Acontece, disse, Acontece muito, tentou consolá-lo. As pernas varizentas arrastaram-no. Confuso, esquadrinhou a vargem, tinha certeza, a curva, o bambuzal, o poço, a paineira... nada, nada, nada, só mato... Alguém há de lembrar... Tatão Ribeiro... Juventina... Margarete... Irineu... Heim? Um negro alto, forte, bonito, heim? Tatão Ribeiro... Máquina-de-arroz... Heim?

Perguntassem — e perguntavam — ao seu Valdomiro, o momento mais arco-de-triunfo da sua vida, ele, a mão paralisada momentaneamente dentro do saquinho de pedras da víspora, mirando as paredes amarelas do Centro de Recreação do Idoso, responderia, despachado, o dia que tirei retrato para a formatura da quarta série, amplo sorriso rejuvenescendo a carapinha grisalha, única garantia de que existira um dia.

Sem remédio

Até perder-se.

A fina corda enrodilha-se firme entrededos sustentando a leve sacola-de-papelão que estremece a cada silvo da composição do metrô empurrando o ar dos túneis.

A bolsa-de-curvim marrom agarra-se ao ombro direito, militar.

As sandálias pretas sem-salto pânicas indecidem-se imóveis.

As minúsculas flores do vestido vagam à ventania estacadas no abismo da plataforma esbarros encontrões tropeços topadas xingam vozes alaridas **Senhora!**

Os olhos, esses viam, desentendendo, porém. E o que capturavam as orelhas eram babéis bíblicas de vigílias noturnas da Igreja Universal, *Satanás quer a nossa alma, irmãos! Lutemos com todas as*

Estática.

Longos riscos arranham sua vista cansada, cores avolumam-se e diluem-se, estrépitos varrem o negro chão **A senhora está**

Então, a urina quente escorregou coxas panturrilhas, banhou os pés sujos empoçando dedos unhas pintadas esmalte salmão **A senhora está se sentindo bem?**

Não...

O uniforme apertou o antebraço esquerdo, conduziu-a devagar em meio a pernas curiosas olhares indagativos desprezo zombaria Mijou ali ó Deve de ser louca Aquela lá risos passantes.

A quarta-feira irrompeu do sono sem sonhos de Ana Elisa, o despertador no criado-mudo esgoelara insucesso, o corpo sitiado na cama, de bruços, como adormecera noite anterior, a dobradiça dos braços enrijecidos sob o peito, rosto voltado ao guarda-roupa, *arrumar os cabides limpar as gave.* Cinquenta anos, cinco Lorax "antes de dormir", zumbiza pela casa, dois-cômodos puxados para os lados para cima na necessidade das gravidezes e nas posses do marido, mecânico que houve oficina própria, nos princípios, por perto, Cangaíba, montoeira de carros no aguardo da sua ciência, e que nos reveses sucumbiu a empregar-se aos outros, para os lados de Guarulhos. *São Miguel Paulista!* Outro bairro quando adquiriram o terreno, capinaram, levantaram paredes, lajearam, apearam as tranqueiras do caminhãozinho. Deserta, a rua, finalzinho da Estrada do Imperador, despencava num varjão, sapaiada batucando foi-não-foi-foi-não-foi, molecada jogando pelada até engolir a bola a escuridão. Tremia, confins desconhecidos, vizinhança de parcas palavras muitas desconfianças, sozinha na labuta da casa, o homem, cedo desperto, largava tarde o trabalho, estragando-se, pensava então, em motores e preocupações, que pouco aparecia serviço, muito era o calote, e aumentativas as precisões.

Bom, como tudo que começa, o casamento. Chegada de pouco das Minas Gerais pelas mãos do tio, juntou-se aos irmãos, Gildo e Gilmar, numa casinha em Osasco, Jardim Belmonte, ajeitada no sofá-cama da sala, recolhendo-se apenas no depois da novela-das-oito, que a tia assistia e a isso não renunciava, **única divertição que sobra.** Logo vendia, à comissão, lingerie na Rua Teodoro Sampaio, em Pinheiros, função que, se não calhava com seus estudos, escalara o ginasial, combinava com a beleza hoje oculta sob a pele triste. Infeliz, de tudo desgostava: viver de-favor com as rabugens da velha manina, desassossego de nem ter onde pentear-se, minúsculo e mofado o único banheiro, a lonjura do lugar, tormento de ônibus lotado em esfregações senvergonhistas. E, então, Nenê. Não tivesse acompanhado a colega para um pê-efe no Largo da Batata, talvez nunca terçado os olhares, os dois, ele e ela. Percebeu-o fingitivo persegui-la e fim da tarde rondar cachorro a porta da loja. Convencido, ofereceu carona, *Será que posso?*, ignorou-o protocolarmente, *Vê se te enxerga, ô!* Insistente, disse que era moço respeitador, ela acedeu, condicionando, *Sou dessas não, heim!* Bonito não, nem feio, mais para magro que gordo, para baixo que alto, cabelo índio e sorriso de canto, arreliada com a presteza de sair de debaixo das asas parentes nem reparou no restante, *É honesto, esse Nenê*, avalizaram os irmãos, e coçou-se em casar, ter filhos, romper com pegadas próprias. E três longuíssimos anos arredou, tolerando isso e aquilo, no almejo de que mais dia menos dia. Tempo para Nenê estagiar na Ford, associar num negócio, comprar um lotezinho, levantar paredes, contratar cartório e padre e igreja (católica então, de ir em missa de vez em quando) e reservar hotel para a lua-de-mel em Santos, o mar espojando-se nas escuras areias do Gonzaga.

E os rebentos vieram.

Joelma — nunca acostumou com o nome, feio, Nenê registrou a homenagem à avó —, engordou dez quilos, enjoozinho primeira-viagem; receosa da morte rogava que nascesse perfeitinho, saudável; cuidadosa com a barriga, movimentava-a atentando que não roçasse nada; para o coraçãozinho latejante murmurava canções içadas da adolescência, o rádio esgoelando Jovem Guarda, bunda para cima mergulhada na fotonovela, sábados infindos esfregando o macacão imundo do marido, o sol esturricando os braços o pescoço os ombros, ele na sala/quarto dormitando, televisão ligada, o bambu empenado sustentando o varal junino, o viralata, como mesmo o nome dele? foram tantos!, mordicando o pelo importunado de mosquitos. Jô, assim a chamava, chama. Jô.

Alan — esse, escolheu, bateu pé, brigaram de ficar demal um mês quase, ela toda vômitos, incomodada com o cheiro da tinta, que ampliavam os cômodos, agora uma sala grande, o quarto-de-casal, o da Jô, cozinha, banheiro e um puxadinho onde estocavam ferramentas e material-de-construção, que, reforçados os alicerces, realinhadas as colunas, ergueriam mais para a frente um segundo andar, a oficina avivando sonhos. Quatro anos a Jô — recordava a Ana Lúcia, a irmã caçula, gorduchinha, brincava de boneca com ela, encerrada no cercadinho, a mãe pedalando a Singer, retalhos forrando o cimento frio, onde andará? tanto tempo!

Da gravidez da Jô sobraram oito quilos, da do Alan, nove. Quando, sete anos mais, surpreendeu-a a rapa-do-tacho — uma bobeada na cartela de pílulas, passou pela cabeça tirar, às vezes pensa se não teria, deus que me perdoe, sido melhor, tanta desavença! — envergava arroba-e-meia acima da época do casamento. Mas aí, outras as preocupações... Nenê, descobriu, andava com deus-e-o-mundo, soube assim, acaso, um dia aporta fora de hora, à pergunta aconteceu alguma coisa responde ríspido, esquivando-se, atacativo. E os atrasos rotinizam-se, discussões por nadas, explosivo, intolerante, malcriado, enfezado, macambúzio. Depois, arrependido talvez, alegra-se, enfia-os todos no Escort XR 3 e carrega para comer frango-com-polenta no Demarchi, em São Bernardo, ou visitar um tio insuspeitado em Campinas ou ainda um banho-de-mar na Praia Grande. Até que um dia aporta fora de hora, à pergunta aconteceu alguma coisa responde ríspido, esquivando-se, atacativo. Discussões por nadas, explosivo, intolerante, malcriado, enfezado, macambúzio. Depois, arrependido talvez, alegra-se, enfia-os todos no Verona LX e carrega para comer um macarrão com frango em São Roque, ou vadiar no Zoológico ou uma tarde inteira no Playcenter. Até que um dia aporta fora de hora, à pergunta aconteceu alguma coisa responde ríspido, esquivando-se, atacativo. Discussões por nadas, explosivo, intolerante, malcriado, enfezado, macambúzio. Depois, arrependido talvez, alegra-se, enfia-os todos no Monza e carrega para comer uma pizza no Tatuapé, *Muito boa, Não, não, me disseram*, ou descansar num hotel-fazenda em Serra Negra, *Não, Nenê, muito caro, Imagina, Ana, felicidade tem preço agora é?*, ou o aluguel de um bufê para o cinco-aninhos da Julinha, *Pa-ra-béns pra vo-cê! Meu xodó, essa menina!*

De-primeiro sofreu o enjeitamento. Aos filhos, nada querendo deixar transparecer. Após a janta, aboletavam-se frente à televisão e um a um vencia-os o sono. Botava-os na cama, desligava o aparelho. Preparava-se então para os melindres da noite, o especulativo coração aos sobressaltos. Os que trabalham-e-estudam apeiam dos ônibus, trocam cansados saudações Tchau Até amanhã Você vai sábado na dissipam-se as vozes os passos. Espia à janela. Um carro sibila, os filhotes do boxer da vizinha choramingam. Espia à janela. Alguém desce a rua diligente. A madrugada acalenta o silêncio. Espia à janela. Gatos estranham-se no telhado da dona Preciosa. Em alguma casa tossem. Espia à janela. Ardem os olhos, dói o corpo exausto. Outro dia já. Mais um pouco e a manhã espreguiçará, frenética. Um bebê esperneia loooonge... madorna... A ventoinha do motor assusta-a, o marido tranca o portão, nem percebeu a chegada. Ajeita-se no sofá, os braços gordos entrelaçam-se protegendo-a da friagem, abre-se a porta, num murmúrio.

— Tarde, heim!?

— Ô Ana, acordada ainda?

E arremessa as chaves para sobre a mesa.

— Onde você estava?, que mal lhe pergunte...

— Ô Ana!, não vai começar não, né?

Aproxima-se, cafunga sua camisa, seu pescoço, Nenê a empurra.

— Ê, Ana, para com isso!

— Você não tem vergonha não? Não vê que está me matando? Desgraçado! Com quem você está saindo agora, heim? Filho-da-mãe! Chega em casa a uma hora dessas fedendo a perfume... a cachaça... Ai, meu deus, por que você não me larga de uma vez, heim? Por quê?

Nenê desvencilha-se, anda até a cozinha, escancara a geladeira.

Preso no quintal, o viralata geme junto à porta.

— Tem nada pra comer não, Ana?

— Vai pedir pra "ela" fazer, desgraçado!

— Para, Ana, você está passando dos limites!

— Eu? Eu estou passando dos limites? Você ainda tem coragem de falar assim comigo? Desgraçado!

Preso no quintal, o viralata gane, arranhando a porta.

— Ana, vamos parar por aqui! Olha os vizinhos, Ana!

— Estou me danando pros vizinhos!, se você quer saber, me danando! Se você tem medo de escândalo devia pensar nisso antes de ficar por aí arrastando asa pra tudo quanto é piranha!

— Piranha não, Ana!

— Piranha sim, desgraçado! Agora vai defender essas mulambentas?

Preso no quintal, o cachorro principia a latição desesperada.

— Para, Ana... olha as crianças...

— Desde quando você está preocupado com eles, heim? Desgraçado! Você nem dá mais atenção pra eles!

Rubens impele seu corpo contra o de Ana, volta à sala, busca o molho de chaves.

— Cadê, Ana?

— O quê?

— Faz de boba não, Ana!

— Vai sair de novo, é?

— Cadê as chaves, Ana?

— Aonde você vai?, vagabundo!, filho-da-mãe!

— Me dá as chaves, Ana!

— Desgraçado! Desgraçado!

Preso no quintal, o viralata ladra ladra ladra.

— Ana, se você não me der, eu vou arrancar de você!

— Então vem, desgraçado, vem me tomar!

Jô desce as escadas assustada, aos prantos segura a barra do vestido da mãe.

— Aí, viu o que você fez?, acordou a menina!

Ana eleva-a ao colo, acomoda a cabeça ao ombro, embala-a. "Chora não, minha filha, chora não..."

— E você ainda coloca as crianças contra mim! Não é possível! Não é possível!

Ana estende a mão.

— Aqui, a chave! Pega, vai embora, vai! Some da minha vida, some! Desaparece!, seu cretino!, desgraçado! Vai embora, vai!

— Vou embora merda nenhuma! Essa casa é minha também! Minha!, entendeu?!

— Não fala palavrão na frente da menina não, seu... seu... desgraçado!

Nenê chuta uma cadeira, que estronda contra a parede e derruba os girassóis de Van Gogh, espatifando o vidro que guardava o quadro.

— Eu não aguento mais!, não aguento mais!

Alan desce as escadas aos prantos.

Preso no quintal, o viralata ladra ladra ladra.

— Eu vou matar esse cachorro!

— Ai, minha nossa senhora, o que vai ser de nós, meu deus?

O ginecologista do Hospital Tide Setúbal pegou a ficha, semiergueu-se, **E então?, como vai, dona... dona Ana Elisa?**, e ela pôs-se a chorar convulsivamente. Surpreso, o médico volteou a mesa, ajudou-a a sentar-se à cadeira, tomou suas mãos, **Calma, dona Ana Lídia, fique calma, está tudo bem, tudo bem fique calma dona Ana Lí**
saíra cedo para fazer o preventivo e a estonteante manhã azul de ralas nuvens altíssimas derrancou sua memória e o olor das mangas-ubá que a dona Zulmira levava de presente embrulhadas no avental apoderou-se da van lotada e a mãe acorcundada pela costuração de roupa expõe as varizes entesouradas das pernas que fremem e fremem os pedais da Singer e o pai caiu no retrato oval sépia pendurado na sala, nunca mais arrastaria os tamancos pelos inflamados paralelepípedos de Cataguases os olhos pretos de Gabriel, hoje conheci um menino tão bacana! ele se chama Ga tudo se esvai... a mão sempre fria da mãe encaracola seus cachos negros, braços que raro caminhavam ao sol, tão enredados em moldes, chuleios, pespontos, cerzi-

dos, alinhavos, arremates, caseados, pregas, mangas, cavalos, colarinhos, barras, decotes, golas, abotoamentos, bolsos, punhos, *ana elisa minha filha acorda* doze anos, tem manchas o teto do quarto que divide com a caçula, a Ana Lúcia, sonhos azuis madrugadeiros, o uniforme marrom-e-bege do Colégio Cataguases molha na caneca de ágata malhada branca-e-azul nacos de pão-com-manteiga, a gordura boia no café quente, gostava tanto, na casa do tio mastigava pão-dormido com margarina, engolia o Nescau, afobada para não chegar atrasada no serviço, evitar falatório, a cara gorda transborda do espelho do banheiro, ultrapassou a idade do marido, a tintura Wellaton preta mente os cabelos grisalhos falhos estragados, lateja a cabeça, rugas e pés-de-galinha e estrias e celulite arruínam a menina doze-anos, Nenê arruma amantes, sangra o salário em presentes e motéis e restaurantes e bares, *Você viu o que você virou, Ana? Não foi com essa mulher que eu ca*
estressada, precisando descansar um pouco, heim?, olha, vou receitar um comprimidinho aqui pra senhora, vai ajudar a relaxar um pouco, ó, tomar um antes de dormir, marca uma nova consulta pra gente examinar a senhora, obrigado, dona Ana Lídia, o próximo!

Mangueira na mão, dona Preciosa espalha ciscos da calçada, fim de tarde

"Ana Elisa, minha filha, fica assim não. Tristeza não vai te conduzir a lugar nenhum. Ergue a cabeça! Não pense você que seu problema é único. Não é! Todo casamento passa por uma crise um dia. Eu, por exemplo. Hoje você vê o Filinto: excelente pai, excelente avô, aliás, logo logo vamos ser bisavós, excelente marido... Você acha que foi sempre assim? Que nada! Pois eu é que sei o que esse homem já aprontou na vida, o que ele me fez sofrer!, mulherengo farrista! Gosto dele era ir pra fuzarca e me trancar em casa com as crianças. Nessa época a gente morava de aluguel na Vila Ema e eu perdi a conta das noites maldormidas por causa das safadezas desse velho da cabeça branca. Às vezes descobria o paradeiro dele, uma vizinha ficava tomando conta dos meninos, e eu ia atrás. Chegava no botequim, ele, uma sirigaita no colo, bebendo cerveja, ou flagrava ele num arrasta-pé, agarradinho no cangote da meretriz, ou caçava ele em hotel ordinário ou até mesmo na residência da fulana. Armava um frege, levava ele de cabresto pra casa. Com o tempo, amansou, encaramujou. Quer o conselho de uma velha? Você anda muito desleixada. O homem busca fora o que não possui no lar. Você precisa fazer um regime, esmagrecer, marcar salão de beleza, tratar o cabelo, se empetecar... Vai por mim, Ana: tem que apimentar um pouco..."

Tentou: dieta da lua e dos líquidos, das frutas e da sopa, das massas e dos signos, entrou para o Vigilantes do Peso e fez simpatias (Quarta-feira: pela manhã, coloque o número de grãos de arroz, correspondente aos quilos que você deseja perder, dentro de meio copo de água. Não coloque grãos a mais, pois os quilos perdidos não serão recuperados. À noite beba a água deixando os grãos de arroz e complete novamente meio copo de água. Quinta-feira: pela manhã, em jejum, beba a água deixando os grãos de arroz e completando novamente meio copo de água. Sexta-feira: pela manhã, em jejum, beba a água, desta vez com os grãos de arroz junto. Instruções: conserve o mesmo copo durante o processo; não faça regime pois a simpatia é infalível; tirar o número de cópias correspondentes aos quilos que você deseja perder; comece na quarta-feira seguinte à distribuição das cópias; publique na mesma semana) e tomou Herbalife que dava caganeira Hipofagin que dava tremedeira

Alô, dona Ana Elisa? Tudo bem? Você precisava ver que graça o seu marido aqui, deitadinho na minha cama, dormindo feito um anji

Alô? Você sabia que o seu marido montou casa pra amante dele? O nome dela é Nilda. O endereço é

Tentou: corte moderno e alisamento, massagem facial e limpeza de pele, depilação e unha postiça

Dispensado do serviço-militar, "excesso de contingente", Alan enredou-se com uma moça, boazinha sim, mas bem mais velha, e tretou-relou saiu brigado com a família, "Fico aqui mais não!", e alugou um barraco na favela Maria Luiza, em Itaquera, "É ruim, mas é melhor que esse inferno aqui de casa".

Tentou: lingerie erótica, tomou o Cemitério da Saudade-Parque D. Pedro, bateu-cabeça pelo centro mas temerosa de bisbilhotices, enxergava conhecidos entrepostes, pegou outro ônibus e subiu a Rua da Consolação, rapace à caça de um sex shop, deus meu, a que ponto cheguei!, apeando na confluência com a Avenida Paulista, discreta passeou pela calçada da loja, contornou o quarteirão respirou fundo e, mas saía um rapaz, contornou o quarteirão respirou fundo e, mas volveu desencorajada, contornou o quarteirão respirou fundo e, mas surpreendeu a balconista apontando-a, contornou o quarteirão e cismou que a perseguiam e apressou-se e a perseguiam e correu e a perseguiam e fugiu aterrorizada em direção à Avenida Doutor Arnaldo, sem valência de virar o pescoço para trás. Mãos trêmulas compraram calcinhas vermelhas e camisola preta nas Lojas Americanas da Rua Direita

banhou-se em Absyntho e borrifou o lençol e a colcha lambuzou o rosto de creme Pond's e transferiu o três-em-um para o quarto e *O melhor do Oscar – volume 2* rodou

rodou rodou rodou rodou e serenou e os pardais belisca-
ram a escuridão e o viralata rosnou e estacionou o carro na
garagem e abriu a porta e lançou as chaves para sobre a
mesa da copa e furtivo adentrou o quarto e despiu-se e
depositou a calça a camisa a carteira na penteadeira e pôs
o calção e deitou-se e o sol atiçou os barulhos da manhã.

Longos cabelos como o comprimento da saia ofertaram
um exemplar da **Folha Universal** no esbarra-esbarra
do Vale do Anhangabaú. Enfiou-o autômata na sacola-de-
plástico que guardava novelos-de-linha e agulhas-de-tricô,
e, à noite, aguardando na cozinha a Jô chegar da faculdade,
que ela cursava fisioterapia, para esquentar a comida, abriu
o jornal e encontrou em histórias paralelas palavras que
amenizavam dúvidas e dia seguinte buscou uma igreja e
chamada irmã frequentava cultos e pagava o dízimo, Nenê
contrariado, que nomeava aquilo palhaçada e bobagem e
ladroagem e maneira-fácil-de-ganhar-a-vida e que esses
pastores querem mais é

Juliana malcriada Juliana problemática Juliana esquisita
Juliana tatuada Juliana riscada a faca e a vidro Juliana pier-
cings Juliana debochada Juliana enfrentando o pai Juliana
largando a escola Juliana trazendo gente para dormir em
casa Juliana pega com maconha Juliana transando com o
namorado na sala Juliana ameaçando fugir de casa Juliana
roubando dinheiro da carteira do pai Juliana arrumando
confusão com a vizinhança Juliana dias sem voltar para
casa Juliana vendendo cedês da Jô para comprar ingresso
para o show do U2 no Morumbi Juliana grávida Juliana
abortando Juliana encontrada desmaiada na Radial Leste
Juliana presa Juliana Juliana Juliana

A ambulância quebrou a esquina, É ali, pode parar, estacionou. Dona Preciosa, que lavava a calçada, acorreu,

Meu deus, o quê que aconteceu? Nada, não, dona Preciosa, nada não... Meu deus! Deixa eu ajudar. O enfermeiro bateu a porta do carro, Fique bem, heim, dona Ana!, despediu-se. Dona Preciosa ajudou-a a entrar, deitar-se e o fim de tarde recolheu seu desânimo.

À noite, Jô repassou os fatos, intrigada, **Mas, mãe, por que a sacola tinha uma muda de roupa limpa?** Ela, mirando o teto, **Queria ver se achava alguém pra consertar, minha filha... Alguém que pudesse consertar...**

Trens

A base das pernas arruinadas zonzeou, a mão amparou-a no vidro do balcão atulhado de fechecleres, tamanhos, cores e tipos vários. Imaginou a macacoa que a acometia últimos tempos, zoeira em-dentro da cabeça, desânimo, desacorçoamento, resistia buscar um médico, adivinhava a falação, os aconselhamentos. Ouvisse os doutores e nem mais os pés arrastariam pelos cômodos... Remédio é os pensamentos negacear. Para isso, socorria-se em afazeres, tricotar orlas de panos-de-prato, bordar nomes em toalhas-de-banho e de-rosto, rematar peças que a nora, desajeitada, cosia — a vista falhava, mas, ensinadas, as mãos guiavam-se, bastantes. Ansiosa, a mocinha indagou, Tudo bem, dona?, nem respondeu, embaraçada. Fisgou o fechecler no amontoado, cotejou novamente com a mostra do tecido e repassou-o à balconista, que, enfiando a mercadoria num saquinho de papel, escandiu o preço para os óculos atrás do caixa e ligeira postou-se à frente do armarinho. Só então a mulher apercebeu-se de que tremia não seu corpo, mas o próprio chão — lá fora, pesados vagões abarrotados de bauxita rilhavam os trilhos da estrada-de-ferro.

Na rua, a tarde imolava-se no calor dos paralelepípedos. Suspensa, a cidade, dividida em duas, vigiava impaciente a passagem do interminável carregamento. A mulher agarrava-se à bolsa de napa, fios de cabelos brancos derramando do lenço-de-cabeça. Findo o comboio, caminhões, carros, motos e bicicletas avançaram atabalhoados e só então a vaga atravessou às pressas, esbarrando-se, em direção ao passeio contrário. Subiu o calçadão da Rua do Comércio, as lojas àquela hora ociosas, e, afadigada, deliberou sentar-se num banco à sombra das sibipurunas da Praça Rui Barbosa. Outros tempos, talvez avivasse uma conversação com algum conhecido, mas, antiga, já a ninguém distingue. Raras as vezes que emite algum juízo. Muda e surda, assim a exigem — e esquiva faz-se invisível.

Fôlego recobrado, as gastas sandálias conduziram-na com vagar, por sob os oitis, cujas copas entrelaçadas perfazem um túnel, ao ponto-de-ônibus da antiga Cadeia Pública, na boca da Ponte Nova. Por sorte, um nada e encostava o Taquara Preta. Encabulada — julgava um estorvo —, entrou pela porta da frente, dificultosa, e recostou-se na poltrona dura. Logo escoiceavam pelas pedras irregulares, a lataria tiritando febril, prestes a desmilinguir-se. Os olhos da mulher esquadrinhavam a monótona sucessão de casas operárias e comércio suburbano, botequins, açougues, padarias, mercadinhos. Quantas histórias por detrás de cada uma daquelas paredes! A Pracinha, o Centro Espírita Bezerra de Menezes, o Beco do Zé Pinto, a Mercearia Brasil, a entrada da Ilha, que nem existe mais, o Paredão, e indomável sua imaginação desprendeu-se, galgando paragens outras, distantes, remotas, longínquas...

A locomotiva apontou e as crianças, excitadas, espalharam-se pela plataforma, perigosamente. Aos berros, seu Adalberto reajuntou-as, com ameaças, mandando que se dessem as mãos e se conservassem sob as asas da mãe, que, nervosa, sacudia o Nelson, ainda bebê-de-colo. Aguardaram, inquietas, os passageiros apearem. Então, seu Adalberto, carregando as malas, guiou a mulher, que se refestelou no banco de madeira. O Fernando, a Norma e o Carlinho engalfinharam-se, pleiteando o lugar à janela.

O pai novamente interveio, sentenciando o descontentamento: a Norma seguiria ao lado da mãe, o Fernando cederia a paisagem ao Carlinho. Emburrados, tomaram a bença e seu Adalberto desceu, comprou quatro pacotes de biscoito-de-polvilho e repassou-os, "pra viagem". Quando o guarda-ferroviário apitou, seu Adalberto murmurou qualquer coisa à mulher, que ela não atinou, abafada pelo barulho.

Veloz, o trem perseguia a tarde de dezembro, entre montanhas, antecipando a alegria do reencontro com a parentalha. Às vezes coriscava se havia sido mesmo apropriada a mudança para Cataguases, roía-lhe tanto a saudade da barroca onde se criara, ganhara corpo e feição... o melancólico mugido dos bois, o cheiro de bosta do curral, os domingos de missa em Rodeiro... Mas apartava rapidamente essas dúvidas — casara-se, o marido, embora esquentado, provia o lar de mantimentos. O Fernando, o mais velho, iniciaria ano seguinte o curso de ajustador-mecânico no Senai, bem encaminhado, graças a Deus. O que mais assemelhava a ela: venerava aqueles tempos de manga, matança de porco e camaradagem. Despertava à primeira hora para ilustrar-se na tiração de leite das vacas e emendava diligências: roçava pasto, colhia milho, caçava tatu, pescava uns lambarizinhos ordinários no ribeirão, brincava de pique nas grimpas das árvores, jogava bola, ressurgindo no rabo da noite, bugre imundo, exausto, feliz. Já a Norma, só implicância. Amuada, entocava-se e a todos os agrados rejeitava, com grosseria. Birrenta, proclamava sua raiva, queria-se entre as colegas, engolfada em fotonovelas, namoricos, mexericos, sonsa, ardendo-se em programas de rádio — e não naquele *cemitério* de horas lentas e silêncios pegajosos. Puxara ao pai, sempre fazendo-pouco de tudo que os rodeava. Conformado, o Carlinho, na roça, capiau, na cidade, ladino... De colo, o Nelson, prático, mamava.

Em Sinimbu, o Carlinho já se sujeitara ao irmão, que, debruçado à janela, atento examinava a amplidão do mundo. Em Dona Eusébia, a mulher trocou a fralda borrada do Nelson. Em Astolfo Dutra, a Norma e o Fernando principiaram uma polêmica que, não providenciasse uma cunha, teria degenerado em pescoções. Em Sobral Pinto, enjoado com o fedor da fábrica de adubo, o Carlinho vomitou no corredor, gerando um incontornável acesso de gargalhada nos irmãos — constrangida, a mulher limpou o piso com um cueiro. A ponto de ter um troço, rendeu graças ao descer em Diamante e divisar o Orlando Spinelli, seu cunhado. Expansivo, afagou as crianças, tomou as malas e guiou-os à venda em frente à estação para comprar picolé. Montados na charrete, a mulher com o Nelson no colo, a Norma e o Orlando sumiram na primeira curva. Fernando e Carlinho, libertos dos calçados, avançaram a pé, quinze minutos até Rodeiro, sob o sol que o fim de tarde amansava, envoltos na densa poeira amarela da estrada.

No ponto final, saltou do ônibus, encaminhando-se devagar aos cinco-cômodos, que dividia com o descabeçado do caçula, a nora, três netos. A vida desandara em amarguras. A morte rondava-a, esfacelando os seus mas, caprichosamente, preservando-a, como uma provação. Enterrara o Fernando, em pleno viço dos vinte e quatro anos, e o marido. A Norma, com seus modos reprováveis, sujava o nome dos Finetto, e o Carlinho, rebelde, perdera-o para o mundo. O Nelson, esse, coitado, batia-cabeça, sem esquentar lugar — agora, biscateava relógios e despertadores numa banca de camelô perto da Rodoviária.

Isso, o que restara.

Sorte teve a Sandra

A Sandra é que teve sorte: os pezinhos batizados nas salgadas águas das praias da Bica e da Engenhoca, na Ilha do Governador — quando, lá atrás, habitaram a Cacuia, o Morro do Dendê — jamais esqueceram o atalho para o Rio de Janeiro. Embora atirada às faldas de Cataguases, no engatinho da adolescência, arremedava-se carioca, caprichante no sotaque melodioso e sibilante e nos gestos despachados de "gente de cidade grande", odiando cada manhã espertada no cubículo abafado e triste do bairro Ana Carrara. Os estudos largou-os logo, para paixão da mãe e do Zezé, irmão mais velho que, com a morte do pai, instituíra-se arrimo do restolho da família. Uma família, em verdade, que só houvera num retrato batido num distante sete de setembro *quantos anos tinha então? cinco? seis?* dez rostos irreconhecíveis e para sempre apartados, três machos (o Junim, de-colo ainda) mais seis tontas — uma apenas ladina, ela, Sandra, que de besta nada possuía. Nádia e Evelina, evanecidas no mundo; Cláudia, crente, entregue a culto, marido, filharada; Maura, solteirona deprimida; Beatriz morta... a mãe morta... uma tropa informe de mulheres descabeçadas.

Entretanto... Entretanto sabia-se dessemelhante. Dona Diana, esposa do doutor Manoel Prata, podia ter elegido a Maura, dezoito anos completos, mas, engraçou-se com ela, nem dezesseis ainda, só elogios. **Dona Nazaré, a filha da senhora é esperta, mas, sinceramente, pouco futuro tem,** estacionada aqui em Cataguases, **Por que não dar uma chance a ela, coitadinha?**, caitituava, inflando sonhos. Mais duas, três vezes perseverou, parada na frente da casa, o motor do Escort ligado, recusando a insistência da mãe, **Não quer descer?, tomar um cafezinho?, uma água?**, educadíssima por detrás dos óculos-escuros, **Não, dona Nazaré, muito obrigada, estou com um pouquinho de pressa, vamos deixar pra outra hora**, cheiro bom de povo rico, acabado de sair do banho, receio daquele chão só-poeira, leiras de água suja, mosquitos, bêbados viralatas sarnentos quentando ao sol. E afrontou a mãe, **Vou!**, e provocou o Zezé, **Você não manda em mim!**, e bateu-boca com a Maura, **Retardada!**, e catou as roupas e enfiou-as numa bolsa-denapa e escapuliu.

Princesa, no banco da frente do Santana da **Prefeitura Municipal de Cataguases**, desembarcou na Praia de Botafogo, a dona Diana, comandando a ofuscante tarde de domingo, exibiu-a, **Rafael**, vestibulando, **Samuel**, futuro doutor-advogado, **Marcela**, quase-médica, **Meus tesouros!**, a minúscula dependência-de-empregada, escura e embolorada, cama e guarda-roupa imprensados, **Aqui, o seu cantinho!** A moça, pouco avistava, dias a fio metida no Hospital do Fundão, requeria apenas roupa-branca impecável e geladeira fornida. Já o Samuel, um nojo, mudas espalhadas pelo apartamento, reclamão, arrogante, antipático, cínico, implicante, capataz. O Rafael, esse, manso, desleixado, televisão ligada e porcaria para comer. Cedo, enfastiou-se.

Cinco meses, mal frequentou a rua, no ramerrão encarcerada, arrumar, limpar, cozinhar, lavar, passar, vista depreciada pelas costas sujas do prédio oposto, visitas-mirim ao mercadinho para solucionar urgências, o grosso do armazém aportando num carro chapa-branca de Cataguases todo dia cinco, arroz, feijão-preto e mulatinho, queijo-minas, requeijão, latadas de carne em conserva de gordura-de-porco, óleo, sal, vidros de doce-em-compota. Isso, até descobrir que o Samuel fumava maconha, até adivinhar que a Marcela dormia na república do namorado, até perceber que o Rafael bordejava-a, bode intimidado. **Se me delatar, eu te fodo!**, grunhia o Samuel, apavorado — e apossou-se das sextas-feiras à noite. **Sandrinha, isso é segredo, fica entre a gente**, sussurrava a Marcela, acossada — e conquistou os sábados. Insinuante, titerizava o Rafael — e invadiu os domingos.

Foram épocas de deslumbres. Escapava sexta-feira à noite rumo à Zona Norte — Abolição, Madureira, Ramos, Oswaldo Cruz —, onde houvesse pagode, enfim, e tornava domingo à noite, madrugada, segunda-feira de manhã, afortunadamente acabada. E, reclamassem, **Ô Sandra, isto está que é uma imundice!**, desafiava, **Me mandem embora então, uai!** E recolhia-se no "seu cantinho", sob o olhar guloso do Rafael. Angelicava-se nas vistorias bimestrais da dona Diana, que escancarava armários, guarda-roupas, geladeira, espiava por sob mesas, camas, estofados, inquiria porteiros, empregadas, vizinhos, **Estão dizendo...**, desconfiava, **Ah, mãe!, a senhora tem coragem de dar ouvidos a esse povo?**

E, num janeiro verde-branco na quadra da Imperatriz Leopoldinense, em Ramos, conheceu o Fafá, mulato empertigado, falante, dengoso, engraçado, cavalheiro. Enredaram-se, e a semana mostrava-se escassa para tanto bem-querer. No carnaval, esbaldaram-se — e a Sandra acordou envolta nas cinzas da quarta-feira, quarenta graus, boca deserta, cabeça desconforme, incompreendendo como retornara ao apartamento, confete no cabelo espichado com henê, purpurina luzindo a macia pele negra, chorte blusa sandália salto-alto, e o desconfio de que seu amor, mal nascente, não venceria a Quaresma. Quando principiou o entojo, ainda especulou, ruas e becos, botequins e barzinhos, mafuás e biroscas, **Fafá, conhece não? Fafá, lembra não?**, infrutífera.

Barriga saliente, mão na frente, mão atrás, retirou-se para a casa da mãe, as águas do Rio Pomba ninando sua cisma.

Kauê abriu o bué, apavorando a marinheira-de-primeira-viagem — a avó catou-o nos braços, enfiou o bico na boca, embalou-o, retomando o falatório, meu deus, que situação!, como iriam fazer pra cuidar do pagãozinho agora?, você é uma tonta mesmo, uma cabeça-de-vento, uma irresponsável!, como pôde cair na conversa-fiada do primeiro que aparece!?, o que vai ser dessa criatura?, começar a vida assim, sem pai, sem lugar pra morar, nem berço tem, o desinfeliz!, não fosse a Maura, não fosse o Zezé, não fosse o pobre do Junim, mãe solteira!, motivo de conversalhada da vizinhança, zombaria de toda a cidade, ah, por que permitira ela sair de casa?!, tivesse talvez batido o pé, mas a teimosia quase põe a casa abaixo, vou e ninguém me impede!, esse, o resultado, vergonha, desonra, humilhação... e esse chororô escoltou-a,

primeiro dentinho
primeiros passos
primeiras palavras
primeiros tombos
primeiras estrepolias
primeiro castigo
primeira-comunhão

primeiras garatujas
primeiro caderno
primeiro luto, o da avó, prestes a completar oito anos,
até que deliberou regressar ao Rio de Janeiro, ocupar o lugar que sabia lhe pertencer — e a abilolada da Maura assumiu a criação do afilhado.

De-princípio, andou fazendo biscates, que mal e mal impediam que mendigasse pelas calçadas, até, caixa de um minúsculo mercado na Avenida Nossa Senhora de Copacabana, desvelá-la um sujeito zona-sul, encaraminholando-a com esperanças de dinheiro fácil e muito. Empregou-se dançarina em uma boate chique de Ipanema e conheceu toda uma raça de gringos, alemães e japoneses, italianos e portugueses, argentinos e franceses, americanos e ingleses, que, apatacados e babosos, apreçavam em dólar. Amadamada, de pirraça locou um quarto-e-sala na Rua São Clemente, em Botafogo, o Cristo Redentor de esguelha, para deslembrar os antigos tempos de senzala, *a Marcela e o Samuel, doutores em Cataguases, o Rafael, no estrangeiro...*

Até deparar-se com os olhos furta-cor do Fred, tão frágil, tão baldio, paulista largado num quiosque de água-de-coco no Posto Seis. Assanhada, convidou-o para um chope que ele, orgulhoso, vacilou em aceitar. Fascinada, compreendeu-o artista, que, altivo, a prostituir-se tocando em barzinhos de fulanos metidos a inteligentes preferia a indigência, **Mas você vai ouvir falar muito de mim ainda, você vai ver.** Então, enrabichou-se. Carregou-o para o apartamentinho, presenteou-o com um cordãozão de ouro — que ele, envergonhado, se recusava a usar —, um violão Ovation importado, um aparelho de som, discos, óculos-escuros, calças-lee, tênis All Star, enfim, mal-acostumou-o, apenas para ronronar, manhosa, em seus ouvidos.

Amuado, de-começo protestava, **Deixa só eu gravar meu disco, você vai ver, te tiro dessa vida, prometo,** os dias domados em cascos de cerveja esparramados pelo sinteco, em cinzeiros empanturrados de tocos de cigarro e beatas de maconha, em psicodélicas músicas derramadas escadas abaixo. Pouco a pouco, entretanto, amoldou-se: enturmado, ausentava-se sem aviso, ressurgindo desdeixado em companhia de estranhos, mais e mais exigente, impositivo, desdenhoso de seu jeito de falar, vestir, portar-se, **Cruz-credo, Sandra!, vê se toma jeito!** O dinheiro arrecadado já mal sustinha-os e largou de enviar auxílio para a irmã cuidar do Kauê, **Este mês não rendeu nada, Maura, mas se deus quiser...** Tudo barganhava por distinguir um dia, em todas as vitrinas do Rio de Janeiro, o nome do seu homem exposto, Fred Durão — mataria de inveja aquela ignorância de Cataguases!

Então, descobriu-se prenhe. Ensaiou, semanas, expor a novidade, temente da reação do Fred, cada vez mais enleado em suspeitas companhias. No entanto, comunicado, se não manifestou satisfação, tampouco se opôs ao intento da Sandra de não abortar, **A gente dá um jeito,** comentou, alheado. Anuviada, imaginou-se esquadrinhando os shoppings da cidade, em busca das peças mais distintas para o enxoval da neném *ou seria menino?* **Desta vez vai ser diferente...** E dedicou-se com desvelo a cevar uma caderneta-de-poupança, que instituiu com o Fred, **para os tempos bicudos.** Nesta azáfama, dissiparam-se três meses de alegrias, de sobressaltos, até um alvorecer descortinar o quarto-e-sala subtraído dos eletrodomésticos, das roupas, dos poucos ouros, das muitas bijuterias — as economias no banco saqueadas. Conjeturou dar parte na polícia, mas, resignada, volveu à casa da Maura, em Cataguases, tão despojada quanto sempre.

Depois, quando soube-se com aids — ela e o Kaíke, ainda mamão —, apelou ao doutor Samuel, que, demandando contra a Previdência, acertou encostá-la na Caixa, um salário-mínimo limpo, todo quinto dia útil do mês. Alardeavam, o Ana Carrara inteiro, que ela sim, tivera sorte, porque, ao invés de encafuar-se em Cataguases, bicho-do-mato atrás de tanque-de-lavar-roupas ou iludida emdentro de uma tecelagem, correra mundo, tornara-se esperta, astuta, ladina, e agora podia desfilar pavã pelas ruas da cidade...

Milagres

Sentiu o volante pesado, puxando para a direita, afrouxou o pé do acelerador, atentou para perceber algum barulho diferente, mas do iPod da caçula transbordava a música histérica que impedia sua concentração.

— Talita, ô, Talita, desliga isso um minutinho.

Virada de lado, parecia ressonar.

— Talita!, tornou a chamar.

A mulher, cara fechada, estrilou.

— Deixa a menina, Nilo! Que implicância!

Tencionou explicar, mas vinha emburrada desde Divisa Alegre, onde pararam para dormir, quando discutiram por causa do hotel, "Um pulgueiro", reclamara, de pé, em frente ao modesto prédio de dois andares. Os filhos sequer consentiam em deixar o conforto do ar-condicionado do Siena para enfrentar o calor seco da cidadezinha isolada no embigo do mundo. "Mas, Vera..." "Nem mas, nem mases, aqui não vamos ficar e pronto!" Conhecia a mulher, quando empacava, não havia cristo a convencê-la. "Estou cansado, Vera, venho dirigindo desde as oito da manhã... Não tem nenhum lugar melhor por perto... Dá pelo menos uma olhada nos quartos..." Discutiram ainda meia-hora, o rapaz da recepção, que havia chegado à calçada para ajudar os hóspedes a descarregar possíveis malas, retrocedeu, refugiando-se atrás do balcão, encabulado e curioso. Ela voltou para o carro, fechou a porta e cruzou os braços, resoluta. Aos poucos, o silêncio, que se dispersara, assentou diáfano na noite transparente. Inflamadas, as estrelas adoeciam de beleza o céu sem nuvens. Ao lado da porta, um viralata sonhava sacos de lixo, fartos e suculentos. O rapaz da recepção, simulando arrumar o fichário, aguardava ansioso o desfecho. Tão poucas coisas interessantes deviam ocorrer ali, Nilo imaginava que, amanhã, certamente seriam o motivo das conversações. Desejava bater o pé, impor sua vontade, mas compreendia a mulher. Não era soberbia o que a atiçava, mas frustração. Aquela, talvez, a última viagem em família. Adolescentes, tiveram que negociar com os filhos — corrompê-los, na verdade —, oferecendo um iPod para a Talita, um curso de guitarra para o Netinho. A contragosto, aceitaram a permuta, mas, sabiam, cada vez mais difícil, e caro, persuadi-los. Ela se esmerava por encaminhar tudo às direitas, cuidando para não amplificar as tensões cotidianas, mas a vida negaceava, irrefreável. Vorazes, os anos devoravam seu corpo, e as pequenas alegrias que um dia sustentaram suas ilusões sucumbiam à rotina do dinheiro contado, da dificuldade de diálogo com os filhos, da ausência de companheirismo do marido. E aquelas bobagens dos primeiros tempos, cinema, restaurante, motel, passeios, presentes, surpresas, encontravam-se agora encarceradas num tempo tão remoto que duvidavam ambos de suas lembranças.

— Vera, é que estou querendo ver se o pneu está murcho...

— O pneu furou?

— Não sei...

— É só olhar, Nilo!

Baixou o vidro elétrico, colocou a cabeça para fora.

— Acho que não...

— Mas o volante está puxando pra esse lado...

O Netinho despertou, o vento esquadrinhando seu rosto revolto de cravos e espinhas.

— Quê que foi?!

— Seu pai acha que o pneu furou.

— Que pneu?

— O dianteiro, aí deste lado...

O filho colocou a cabeça para fora, comparou, decretou:

— Está murcho sim.

— Não falei?, resmungou, triunfante.

— E agora?, indagou, angustiada.

Nilo pensou parar no acostamento, substituí-lo pelo sobressalente, mas, além de perigoso, naquele trecho a rodovia transformara-se em um manto esfarrapado, o sol de janeiro esgarçava a paisagem, talvez conseguisse alcançar um posto de gasolina.

— E agora, Nilo?, perguntou novamente.

— Vou ver se acho um posto de gasolina.

— Vai acabar com o pneu, o filho comentou, entediado.

— Vai acabar com o pneu, Nilo?, indagou, aflita.

— Não, Vera, não vai não...

O Netinho ia contestar, mas, logo após a curva, Rui notou, algumas centenas de metros à frente, algo como um totem de posto de gasolina.

— É um posto?, perguntou, indicando a mancha amarela que se destacava além da colina, junto a um grupo de árvores solitárias.

A mulher e o filho observaram, concluindo:

— É.

O homem felicitou-se: evitava sujar as mãos, suar a camisa, e ainda esquivava-se de um interminável e inútil bate-boca.

Próximo do acesso, mostrou, satisfeito, o pneu velho, de caminhão, amarrado no alto de um poste de madeira, a placa carcomida pela ferrugem, sumidas letras vermelhas, mal alinhavadas,

←— Borracharia 24 horas

Deu seta para a esquerda, cruzou a pista e embicou em direção à mambembe edificação bastante afastada das bombas de gasolina, onde um homem, sentado no banco traseiro de uma Kombi convertido em sofá, lia entretido um pedaço de jornal.

O homem lendo entretido o pedaço de jornal, sentado no banco traseiro da Kombi convertido em sofá, percebeu o Siena preto embicar em sua direção. Levantou-se, e automaticamente acendeu um Hollywood. O carro estacionou, motor ligado, e, após alguns minutos de hesitação, deslocou-se irritado para a lanchonete, hasteando uma tênue cortina de poeira. No entanto, indeciso, mais uma vez arrancou, parando agora junto às bombas de gasolina, onde, em gestos vagos, o frentista explanou qualquer coisa ao motorista. Exasperado, atravessou o pátio, atingiu a pista, e acelerou, tomando rumo contrário. O homem, enfiado num macacão imundo, coçou o cocuruto de raros, compridos e ensebados cabelos, e caminhou devagar para o amplo quintal atrás da borracharia.

Com uma longa vara de bambu futicava os galhos da mangueira, buscando derrubar as frutas maduras antes que desabassem inutilizadas no solo ou que os bentevis as estragassem com suas bicadas. Tão distraído nesta função, só atentou para a chegada de um freguês quando assustou-o a buzina impaciente. Catou as quatro mangas que conseguira colher, duas em cada mão, e, volteando a borracharia, deparou-se com o mesmo Siena preto de há pouco.

— Boa tarde!

— Já é boa-tarde?

— Passa do meio-dia...

Acendeu outro cigarro.

— E, então, voltou?

— É, meu pessoal preferiu aproveitar pra almoçar... Deixei eles lá atrás, numa churrascaria...

— Espetão?

— Isso.

— Dizem que é boa a comida lá... Churrasco...

— Bom, acho que o pneu direito está furado...

— Vamos dar uma olhada...

Arrastou o macaco-jacaré, posicionou-o sob o eixo dianteiro, a chave-em-cruz bambeou os parafusos.

— O senhor é de Betim mesmo?

— Não, é só a placa do carro. A firma que eu trabalho tem convênio com a Fiat, a gente compra com desconto lá.

Retirou a roda, empurrou-a até a banheira esmaltada, encardida, girou-a afundada na água preta, que, derramada, rapidamente absorveu-a a terra estiada.

— Que mal lhe pergunte, o senhor mexe com quê?

— Sou representante comercial.

— Aqui ó, o furo... Está vendo essas bolhas? Fez um rombo...

— É a estrada... uma buraqueira danada... E dormi mal... dormimos no carro...

— Não achou hotel nem pensão aí pra baixo não?

— Mais ou menos...

— Olha, vai precisar de um manchão.

Nilo consultou, inquieto, o relógio-de-pulso, vinte e cinco para a uma, o suor encharcando a camisa-de-malha branca.

Uma galinha ara o chão, escarvando vermes para seus pientos pintinhos.

Um gato gordo, rajado, refestela-se à sombra de um abacateiro.

Ao zumbido intermitente dos motores dos carros, ônibus e caminhões vindo da estrada, ajuntava o som metálico do homem que, com a espátula e a marreta, esforçava-se para extrair o pneu da roda.

— É bom esse negócio, representante comercial?

— Já foi melhor... Hoje a concorrência é grande... Muito menino novo, bem formado... Eles jogam pesado... não têm escrúpulo... E a gente vai ficando enferrujado... A idade...

O homem penetrou no cômodo escuro, telhado baixo, paredes forradas com antigos calendários da Pirelli, um pôster descorado do time do Vasco, **Bicampeão Brasileiro – 1989**, fios elétricos encipoados, um compressor-de-ar, num nicho acima da bancada de ferramentas caoticamente organizadas um rádio-a-válvula, ligou a lixadeira-de-rebolo.

— Se quiser uma manga, pega aí...

— Não, obrigado, queria era ir ao mictório.

— Ah, é ali atrás...

Nilo volteou a casa, vislumbrou o grupo de mangueiras solitárias, latas amassadas e pneus velhos esparramados pelo áspero matagal, uma acanhada horta de leiras desarranjadas, pés de couve, cebolinha e mostarda ressequidos, folhas amareladas, alcançou o banheiro, destrincou a porta, surpreendeu-o a limpeza, vaso sanitário sem assento, chuveiro frio, uma bucha pendurada na torneira, uma rachadura na pia, espelho pequeno de moldura de plástico laranja pregado no emboço estufado. Mijou, deu descarga, lavou o rosto e as mãos, enxugou-as na bermuda. Passos à frente, outra porta, a janela escancarada, bisbilhotou, um ordenado quarto minúsculo, chão de cimento grosso, cama-de-solteiro, rádio-de-pilha, arca, bilha, fogão-jacaré, bule, coador, uma caneca de ágata, uma vasilha de plástico transparente (cheia de pó-de-café?), uma vassoura, um garrafão (cachaça?).

Retornou.

— Que mal lhe pergunte... Ah, como é mesmo seu nome?

— Gilson... Mas o pessoal só me conhece como Cabeludo...

— Cabeludo... O meu é Nilo...

— Prazer.

— Desculpe a indiscrição, mas você mora aqui mesmo?

— Moro.

— Sozinho?

— Sozinho.

— E você fica à disposição vinte e quatro horas por dia?

— É.

— Mas... então... você... nunca sai daqui?

— Praticamente.

Cabeludo acendeu um Hollywood.

— Pra falar a verdade, tem mais de trinta anos que estou aqui, e não posso dizer nem que conheço direito Milagres, que fica uns cinco quilômetros pra frente.

Um viralata descarnado, olhos mendicantes, surgido de lugar-algum, tentou aproximar-se, língua de fora, humílimo, mas Cabeludo, com gestos ameaçadores, afugentou-o, "Passa, Costelinha! Passa!", rabo entre as pernas, covardemente hipócrita.

— Esse cachorro é um sacana! Vem com essa cara de madaleno aí, mas é um ladrão, mata os frangos, come os ovos... um filho-da-mãe! o que ele é...

— Mas você não se sente sozinho, não?

— Olha, vou ser sincero: graças a Deus, tem esta estrada aí cheia de buraco. Todo ano o governo contrata uma empreiteira, ela faz uns remendos, recebe pelo serviço e devolve uma parte do dinheiro pros políticos. Na primeira chuva, volta tudo à estaca zero. Por conta disso, tenho movimento dia e noite, sábado, domingo e feriado... Para gente aqui de tudo quanto é tipo, inclusive gringo lá das bandas da Argentina, do Uruguai... Então, sempre tenho companhia, alguém pra conversar, trocar ideias...

Cabeludo aninhou o pneu na roda, encheu-o, empurrou-o até a banheira esmaltada, encardida, girou-o afundado na água preta, que, derramada, rapidamente absorveu-a a terra estiada, atraindo a galinha e os pintinhos.

— Ó, está uma beleza agora.

Nilo abriu o bagageiro e desocupou-o das malas, bolsas e sacolas. Cabeludo retirou o sobressalente, depositando o pneu recondicionado no lugar.

— Mas, e fim de ano, Natal, Ano Novo?

— Não ligo pra essas datas não...

— Eu também não, mas... tem todo um simbolismo... família, essas coisas...

Meticuloso, Nilo repôs as malas, bolsas e sacolas no bagageiro. Cabeludo, aparafusada a roda no eixo dianteiro, esticou a borracha para calibrar os pneus.

— O senhor está indo pra onde?

— Conceição do Coité.

— É longe...

— Uns duzentos quilômetros...

— Seria bom fazer logo o alinhamento e o balanceamento... e uma cambagem também... Lá deve de ter isso...

— Deve sim...

Indagou o preço do serviço e enfiou a mão no bolso-detrás da bermuda, pinçando uma nota da magra carteira.

— Ih, vou ter de ir no posto trocar...

— Eu te acompanho.

Devagar, avançaram, os pés cuspindo os pedregulhos que infestam o chão esturricado. Cabeludo arfava, cigarro queimando entre os dedos médio e indicador.

— Você não tem cara de ser daqui... É?

Cabeludo abraçou o horizonte com seus enormes olhos verdes.

— Já faz tanto tempo... Às vezes penso que nasci aqui mesmo, dentro da borracharia...

— Você parece mais gaúcho, catarinense...

— Não, não... nasci no seu estado...

— Em Minas? Onde?

— Num lugar que ninguém conhece...

— Se é em Minas eu conheço. Já rodei o estado inteiro. Só pra você ter uma ideia, a minha esposa, a Adelice, é baiana, a família dela é daqui de Conceição do Coité, e sabe onde conheci ela?, em Alfenas, sul de Minas. Eu fazia aquele setor e um dia esbarrei com ela, que estudava Psicologia na universidade de lá. Os pais dela não são ricos, são remediados, mas na época estavam muito bem de vida, mexiam com beneficiamento de sisal, aí a gente começou a namorar, ela acabou engravidando, largou o curso... O pai dela ficou puto da vida, mas assim que viu a cara do Rivaldo, nós demos esse nome em homenagem a ele, pra fazer uma média, sabe como é, o menino odeia, mas pelo menos a coisa terminou mais ou menos bem... Já estamos casados há dezessete anos...

— Ô, Raimundo, troca pra mim...

O rapaz sacou um bolo de dinheiro e devolveu notas miúdas, que Cabeludo, subtraindo sua parte, repassou para o Nilo.

Devagar, regressaram, os pés cuspindo os pedregulhos que infestam o chão esturricado.

— Mas qual que é o nome da sua cidade?

— É Rodeiro... fica perto de Ubá...

— Claro que conheço Rodeiro! Ubá é o meu setor atualmente!

— É mesmo?!

— Tem um médico lá, o doutor Justi, Pascoal Justi, conhece ele?, é amigo meu, gente muito boa... Quer dizer que você é de Rodeiro...

Cabeludo acendeu um Hollywood, entatuando-se, confuso. Rodeiro havia se tornado uma palavra oca, raro em raro pronunciada, um quadro esmaecido evocando uma cena além do tempo, fora do espaço, "De onde você é?", "Não conheço não". No entanto, agora, quando, pela primeira vez em mais de trinta anos, compartilhava com alguém a existência de Rodeiro, a cidade emergia à sua frente, a igreja de São Sebastião, o coreto, o jardim, os saguis saltando nas árvores, as charretes, o cheiro de mijo e bosta de cavalo, os boiões de leite, a poeirama amarela, o canto melancólico dos carros-de-boi, as caras vermelhas da italianada... E, de repente, experimentou uma urgência em revolver sua história, abandonada nalgum recôndito escuro da oficina, em meio ao lixo acumulado atrás da bancada, na admirável bagunça daqueles intermináveis dias-e-noites, em que, sintonizando programas de música antiga no rádio, relembrava, calças curtas, suaves mãos afagando seus cabelos anelados, o silêncio dos pastos infindos, o latido do Peralta na mata... E depois... a solidão... a amargura...

— Cresceu muito a cidade... hoje, um próspero centro moveleiro... Irreconhecível...

Nilo preparou para despedir-se.

— Bom...

— O senhor aceita um cafezinho?

Pensou na mulher e nos filhos, aflitos para chegar logo a Conceição do Coité, iriam se queixar, com certeza, retardava além da conta...

— Bom...

Cabeludo caçou a garrafa-térmica, lavou uma caneca de ágata e um copo-americano, encheu-os, um líquido ralo, morno. Sentou-se no sofá improvisado, acendeu um Hollywood.

Nilo conservou-se de pé, ansioso.

— Eu estou aqui há mais de trinta anos... Uma vida... E foi por acaso que vim pra cá, acredita? Puro acaso... Eu tinha dezoito, dezenove anos, a roça não dava mais sustento pra todo mundo, a gente estava passando um aperto danado, aí meu irmão Valério mudou pra Ubá, conseguiu emprego numa fábrica de móveis e acabou me carregando com ele. A gente morava nos fundos da casa da dona Maria Bicio, de uma família conhecida nossa lá de Rodeiro. Eu arrumei trabalho numa oficina de lanternagem, aprendiz de pintor, e as coisas iam encaminhando bem. Aí comecei a sair com a filha caçula da dona Maria. A Arlete andava com todo mundo, tinha uns quinze anos, mas era muito avançada, ela, assim, facilitava bastante, não sei se entende... E vai que um dia ela apareceu grávida e começou a me pressionar pra assumir o filho. Sinceramente não sei se era verdade ou não, mas meu irmão me convenceu de não casar com ela de jeito nenhum, ele falava que ela era uma vagabunda e que ia me botar chifre com a cidade inteira, e que todo mundo ia rir da minha cara, porque eu era um ingênuo, um capiau... Eu fiquei intimidado, outra época, outros costumes, isso dava cadeia, dava morte... Aí a Arlete amarrou uns panos na cintura e escondeu o inchaço até não poder mais. E no dia que ela desmaiou na rua, e descobriram tudo, fugi pro Rio de Janeiro. Fiquei lá um ano, morrendo de medo, sem contato com ninguém... Achava que logo-logo o episódio ia ser esquecido, e as coisas voltavam aos eixos. Mas...

Nilo, as mãos suadas, esticava as pernas, agitado.

— Eu trabalhava num restaurante, de garçom, e uma noite, voltando pra pensão, em Guadalupe, cismei que tinha um sujeito me seguindo, e a partir daí perdi a razão, minha vida virou um inferno, passei a achar que todas as pessoas sabiam da minha falta, me olhavam e me condenavam, não conseguia mais comer, nem dormir, e a situação ficou tão insuportável que um dia, desesperado, desci na rodoviária só com os documentos e a roupa do corpo, e comprei passagem pro primeiro ônibus de saída. Arranchei em Feira de Santana uns meses, sobrevivendo de biscate, até que conheci um rapaz, gerente desse posto, já até morreu, coitado, que Deus o tenha!, que perguntou se não queria tocar uma borracharia aqui... No começo ainda imaginei, escondo uns tempos, espero a poeira baixar, volto, mas me sentia um covarde, decepcionei minha família, envergonhei a família da Arlete, falta de cabeça, quando a gente é jovem faz umas besteiras, depois não tem como ajeitar... Aí fui ficando, ficando... me acomodei...

Cabeludo levantou, Nilo caminhou apressado rumo ao Siena preto.

— O resto é o que está vendo... Ninguém me incomoda, não incomodo ninguém...

Nilo abriu a porta, entrou, sentou, girou a chave de ignição.

— Se um dia por acaso encontrar alguém... alguém da família Finetto... é meu parente com certeza... diz que encontrou o Gilsinho, e que ele está bem, e que quem sabe um dia ainda volta... quem sabe...

Nilo fechou a porta, acelerou, e o carro desapareceu em meio à poeira.

Quando voltava, avistou o Cabeludo acenando, no acostamento.

— Olha, estão fazendo sinal pra parar, não para não!, não para não!, Vera falou, encolerizada.

— É o borracheiro, Vera.

— E daí? O quê que ele quer? Vai atrasar ainda mais a viagem? Não acredito, Nilo, não acredito!

Cabeludo aproximou-se.

— Desculpe... É que pensei melhor... por favor, não fala nada não... melhor assim... melhor pra todo mundo...

— Está certo.

Nilo levantou o vidro elétrico, ganhou a pista e, pelo espelho retrovisor, observou Cabeludo atravessar a estrada.

— Que história é essa, Nilo?!, Vera indagou, irritada.

Outra fábula

Imerso entre os milhares de calções e camisetas numeradas que, sob um calor de mais de trinta graus, aguardavam impacientes, na tarde do último dia de 2002, em frente ao prédio do Museu de Arte de São Paulo, pela largada da Corrida de São Silvestre, Luís Augusto, alongando os músculos, especulava se conseguiria vencer os quinze quilômetros de subidas e descidas do trajeto. Afinal, quarenta anos cumpridos, catorze meses antes mantinha-se sedentário, ausentes preocupações outras que não a de alcançar o dia 30, dívidas pagas sem manchar de vermelho a conta do banco. Até, num exame de rotina, o médico da empresa o convocar, *Seus níveis de colesterol e triglicérides estão muito altos*, e recomendar mudanças na alimentação, diminuição no consumo de bebidas alcoólicas e a prática de exercícios físicos. Amuado, deixou o ambulatório convencido em não acatar qualquer das sugestões, mas, ao relatar a conversa a Milene, a namorada, entusiasta frequentadora de uma academia de ginástica, imbuiu-se de auxiliá-lo a *ludibriar a morte, Vamos correr juntos no Ibirapuera!*, ardeu, satisfeita. E, instando-o a adquirir o *equipamento* (tênis, meia, camisa, chorte, boné), numa segunda-feira de outubro às seis horas da manhã soou o interfone, inaugurando uma rotina que, pouco depois, surpreso, Luís Augusto incorporaria, prazenteiro, ao seu dia a dia. Se estranhou, de princípio, o cansaço que, humilhado, o impedia de acompanhar os passos gazéis da Milene, a dor hasteada em cada um dos seiscentos e trinta e nove músculos, logo invadiu-o o torpor, os pulmões encharcados de ar fresco, o coração irrigando viril cada recôndito do corpo indescoberto. E tão forte abraçou o hábito que, em novembro, tendo a namorada sucumbido a uma gripe, atropelou o acanhamento e suou sozinho nos longes do parque, saudando efusivo desconhecidos com quem cruzava, deveras feliz. Tanto, que, no segundo domingo de dezembro, Milene, revolvendo o molho-de-tomate com uma colher-de-pau, encorajou-se, lançando, como que despretensiosa, a seta, *E se a gente se casasse?*, embaralhando as ideias de Luís Augusto, que, sentado na pequena mesinha de fórmica azul que ocupava quase todo o espaço da minúscula cozinha, lia absorto o caderno de esportes de **O Estado de S. Paulo**. *Heim?*, pingou um pouco do molho na palma da mão, *O que você acha?*, assoprou, lambeu, *Hum... está ótimo!* Ele, pondo-se de pé, achegou-se à janela, mirando as costas do prédio vizinho. *Ô, Milene, você sabe... a pensão... metade do que eu ganho escorre pra Lívia, pras crianças... Assumir assim... mais um compromisso... Ê!, eu trabalho!, não dependo de você não! Na verdade, ia é diminuir as despesas... A gente podia mear as contas, gás, telefone, luz, condomínio, o pagamento da diarista... Por falar nisso, a dona Cícera ainda está com você? Então, o que você acha?* Luís Augusto tomou a taça, sorveu um longo gole do vinho chileno, *Acho que a gente pode pensar nisso com carinho*, e, toureando o assunto, *Estava vendo aqui... E se a gente se preparasse pra São Silvestre? Ô, Guto, que legal! Dá tempo ainda!? Não, Milene, estou pensando no ano que vem... Seria uma maneira da gente realizar algo juntos... a longo prazo...* Ela, sorriso de dentes perfeitos, cabelos escorridos à chapinha, abraçando-o e beijando-o, começou a traçar os planos.

Com a Lívia o casamento arrastara-se por intermináveis onze anos. Não entendia, agora, como haviam adiado tanto a decisão de se separarem, um desafogo para todos, os filhos, a Iara e o Eric, acompanhando aterrorizados as discussões diárias, os desentendimentos por nadas, a ciumeira estúpida, pois que já não se toleravam. Jornalistas ambos, Lívia não se conformava com o que tinham se transformado seus sonhos. Por conta de três gravidezes complexas (uma delas finda em traumático aborto), cedera o lugar no mercado de trabalho, e o que restou foram sobras de revisões de livros irrelevantes, dissertações de mestrado e teses de doutoramento, enfadonhas e mal pagas, que lhe devoravam as horas e corroíam os nervos. Mas, agastava-a, ainda mais, o que acreditava ser a *resignação* do marido, que nunca lograra conquistar uma vaga na grande imprensa, admitindo passivo labutar em jornais de sindicatos, em revistas de circulação-dirigida de obscuras corporações, o que resultava em rendimentos ordinários, sentenciando-os a uma vida *medíocre*, sem nunca poder projetar algo como uma viagem à Europa, umas férias no Nordeste, uma mudança para um apartamento maior ou a troca dos móveis do quarto das crianças ou mesmo do sofá da sala, nada, porque, ele argumentava, quem garante que haveria dinheiro no mês seguinte? Então, o que idealizara, arrastando sua ingênua rebeldia pelos corredores da Cásper Líbero, após trepidar em ônibus lotados o asfalto da Lapa à Avenida Paulista, uma história de aventuras e novidades, desmoronou em um cotidiano previsível, claustrofóbico.

Também Luís Augusto imaginara um futuro diverso, não aquele martírio, aquela tormenta, mas a altiva serenidade de quem assenta, um a um, os sólidos degraus de uma escada lançada no desconhecido. Porque, ao contrário da

Lívia, julgava poder orgulhar-se do caminho percorrido. O que era vinte anos atrás? Uma camisa desembarcando, zonza, na Rodoviária da Luz, sem amigos ou conhecidos a quem recorrer. E se recuasse trinta anos? Um menino tímido, pasmado, esquadrinhando as ruas de Cataguases, nos braços um tabuleiro de alumínio coberto por um alvo pano-de-prato, pastéis, coxinhas, rissoles, quibes, croquetes e empadinhas que a mãe industriava e que amortizavam as dívidas caseiras, que o pai, *autonomista*, como clamava, batendo-cabeça ali e aqui, sempre desendinheirado, ampliava, adquirindo atlas, enciclopédias e dicionários que impingia ao caçula, na esperança de que pelo menos ele não se convertesse em empregado dos Prata, como o maisvelho e a menina, para seu desalento. E candeou-o para as cadeiras noturnas do curso de Contabilidade, *Se tiver tino, pelo menos comer algodão você não vai,* onde, extenuado, dormitava sobre livros-caixa, livros-razão, borradores, balancetes e balanços, após uma jornada de faz-tudo na redação d'*O Cataguases,* "estágio sem remuneração" que o pai conquistara junto ao redator-chefe do jornal, doutor Divaldo Sobrinho, "Não se preocupe, senhor Raul: a bove majore discit arare minor", em troca de uma arisca promessa, nunca realizada, de, sacrificando seus ideais, cabular votos para a situação nas eleições vindouras.

Até que a clara luz de um janeiro febril, alastrando-se quarto adentro, espertou o ensopado corpo magro e pálido. Viu então que os picumãs e as teias-de-aranha permaneciam pendurados, estalactíticos, entre os caibros esfumaçados, apesar do rogo da mãe, as juntas dos dedos enferrujadas pelo reumatismo, para que *alguém* os desmanchasse com o vassourão; viu, na parede ainda úmida, a marca-d'água das infalíveis enchentes de verão; viu a cama irretocavelmente arrumada aguardando ansiosa o cansaço do Lalado, que puxava móveis para a Bahia, esperançoso de adquirir seu próprio caminhão, *com esforço e trabalho*, dali a alguns anos; viu a mesinha, em cuja gaveta cupins insaciáveis devoravam o diploma da Escola de Datilografia e Estenografia da Rua do Comércio; viu o guarda-roupa, cujas portas desengonçadas deixavam entrever o desalento das camisas e calças, silenciosamente suspensas nos cabides. O barulho longínquo de um trovão assustou-o, pensou em levantar-se de vez, fazer algo, não podia manter-se ali, estático, uma tempestade se avizinhava, devia tomar providências, agora que cumprira o tiro-de-guerra e que o doutor Divaldo Sobrinho, pomposo, anunciara o fim do "estágio sem remuneração", "Via trita, via tuta", a mocidade da Júlia esgarçando-se entre os ruidosos teares da Manufatora, o Toninho, ajustador-mecânico na Industrial, economizando para casar, *em breve*, o tempo engolindo entediado as horas, o pai, encanecido, planos estrambóticos debaixo dos braços, colhendo zombarias pela cidade, Raul *Salgado*, debochavam, aludindo aos quitutes que alimentavam a modesta casa no Beira-Rio.

Então, decidiu. Pôs-se de pé, dirigiu-se ao banheiro minúsculo, sempre fedendo a mofo, mijou, lavou o rosto minado de cravos e espinhas, vestiu bermuda e camiseta branca, calçou os chinelos-de-dedo, e enfrentou os íngremes degraus que levavam ao quintalzinho, recanto sombrio que comportava quatro leiras de murchos pés de couve, taioba, alface, salsinha e cebolinha, ladeadas por duas goiabeiras raquíticas e dominadas, ao centro, por uma jabuticabeira pelada das folhas, onde governava absolutista o Dinamite, um viralata filhote, estabanado-e-cínico, que adulava qualquer pessoa em troca de um simples olhar cúmplice. O cachorro veio pulando em sua direção, rabo nervoso, tentando agradá-lo, *Para!, Dinamite, Para!*, chamando a atenção da mãe, que, no porão, às voltas com um enorme tacho de óleo quente, fritava salgadinhos, auxiliada pela comadre meio-parente, a dona Nica, que ressurgia quando apertavam as encomendas. *Bença, Deus te abençoe, meu filho, Já tomou café?, tem pão fresquinho em cima da mesa, Não, mãe, depois eu como. Bom dia, dona Nica. Bom dia, Guto.* Ouviu-se novamente o estrondar de um trovão, mas agora mais distante, lá para os lados de Leopoldina, *Será que chove?*, a mãe indagou, *Chove nada*, respondeu a companheira, recheando entretida a massa de uma coxinha.

Mirou a mãe, a pele do rosto crestada, rugas de uma velhice antecipada, os braços e as mãos pintalgados de manchas-de-sol, toda a vida debruçada a um fogão, labutando manhã à noite, escrava dos seus, ausentes fins de semana, feriados, nada de festas, nada de alegrias comezinhas, nunca um desejo, visitar os parentes dispersos por Ubá, Rodeiro, Astolfo Dutra, Juiz de Fora, conhecer o mar em Marataízes, passear à toa na Praça Rui Barbosa ou na Rua do Comércio, apenas a primeira missa domingueira na Matriz de Santa Rita de Cássia, ano após ano assistindo os filhos crescerem, os dias virarem noites virarem dias, e, de supetão, anunciou, *Mãe, vou embora pra São Paulo*, porque sabia, demorasse muito talvez permanecesse para sempre atolado naquela cidade, naquele bairro, naquela morada, naquele pedaço estagnado do tempo, e ela, atônita, perguntou, *Embora? São Paulo? Desde quan*, mas nada mais escutou, galgou os degraus, dois em dois, bateu a porta da rua e andou a esmo, a tudo contemplando,

os amigos, os conhecidos, os estranhos, os homens e as mulheres, os rapazes e as moças, os velhos e as velhas, as crianças e os bebês, as árvores copadas, as mudas mirradas, as fábricas de tecidos, as oficinas mecânicas, as bancadas de eletricistas, as bancas de jornais, as lojas e os armarinhos, os armazéns e as quitandas, as padarias, os bares, os botequins, os carros e os ônibus e os caminhões e as carretas, os gatos, os cachorros, os fícus, as sibipurunas, os salões paroquiais, os salões dos crentes, os salões de cabeleireiros, os salões de dança, os prostíbulos, a Prefeitura, os hotéis suspeitos, a Câmara Municipal, os estádios de futebol, os campos de pelada, os centros espíritas, os centros de macumba, o Centro, o Rio Pomba, o Rio Meia-Pataca, o córrego Lava-Pés, o córrego Romualdinho, a Ponte Nova, a Ponte Velha, o colégio, o ginásio, os grupos-escolares, a escola de samba, como se a primeira vez, sendo a última.

São Paulo é um mundo, as palavras do pai ressoaram na noite iluminada por uma enfermiça lâmpada de quarenta velas, sombras disformes escorrendo irreais pelas paredes. Sentados à mesa, recoberta por uma puída toalha xadrez, devoravam a broa-de-fubá, ainda quente, recém-desenformada. A mãe, encurvada, arrastando suas varizes de um lado para o outro, perguntava, *Mais café, quer?*, adivinhando, angustiada, que naquele exato instante perdia o caçula, irremediavelmente... O Toninho mastigava satisfeito, todo-olhos para a noiva, a Delinha, filha do falecido seu Miguel Carroceiro, que Deus o tenha!, que retribuía, recatada, sorrisos envergonhados. A Júlia, rodando a Praça Rui Barbosa, bateando alguém que pudesse libertá-la daquela sina, daquela escrita, *operária de fábrica*; o Lalado, rodando pela Rio-Bahia, Roberto Carlos esgoelando no toca-fitas. *Não deixe de procurar lá o Juca, meu filho*, disse o pai, cigarro entrededos, referindo-se ao irmão que morava em São Bernardo do Campo. *Ele pode ser útil nesses primeiros tempos... O... Hélton... genro dele, aquele que tem uma oficina mecânica, lembra?, casado com a... como é mesmo o nome dela, ô Jânua? Sabe não?... A gente não pode desprezar essas coisas...*

Procura sua madrinha, a comadre Alzira... Fala com a Nelly, com o rapaz, filho dela, como é mesmo o nome?, Nílson!, pois fala com o Nílson, ele deve de conhecer bastante gente lá. Alheios, o Toninho e a Delinha deslizavam arrulhando em direção ao ponto-de-ônibus, iam acompanhá-lo à rodoviária; a mãe, *Vou não, meu filho, tanta coisa pra fazer, o Dinamite, coitado,* abraçando-o, irrompeu em choro, em queixas, em ais; o pai, à parte, sussurrava, engasgado, *Que bobagem, ô Jânua, queria o quê?, que o menino ficasse aqui, capacho dos Prata? É isso? Fosse mais moço, eu é que ia embora, São Paulo é um mundo, Lá, quem tem força de vontade, vence.* Agarrou a alça da mala-de-papelão azul, que a mãe comprara no Bazar Leitão, e cuidadosamente dobrara e arrumara, peça por peça, as poucas roupas, e desapareceu na escuridão adocicada das damas-da-noite.

Percorreu insone a interminável estrada que liga Cataguases a São Paulo, espectros, árvores, morros, povoados, desfilando em sentido contrário. O corpo teso sabia que, diferente da primeira vez, quando escoltara o pai, aquela agora tornava-se uma ida sem volta. Os olhos cruzaram as bicicletas rodando cabisbaixas na noite silenciosa, os rostos exaustos caminhando nos passeios estreitos, as casas, janelas escancaradas, buscando a fresca, as corredeiras impacientes do Rio Pomba. Havia algo de derradeira despedida na paisagem suarenta. *São Paulo é um mundo,* o pai repetia, incansável, a propósito de tudo, de nada, desde que visitara o irmão, cinco anos antes. *Lá se vive, Jânua, se evolui,* e repisava, num misto de inveja e orgulho, que o Juca possuía casa-própria, *Enorme!,* exagerava, carro na garagem, filhos estudados, *O Juca!, Jânua, você lembra dele, um jeca que nem eu, um capiau que mal-e-mal sabia ler!,* e relatava aos outros, fascinado, que até o *dinheiro paulista* era diferente, *Aqui é esse bolo de nota rasgada, rabiscada, ensebada, Lá, não, é tudo novinho em folha, porque aquele povo é matreiro, aceita dinheiro estragado não, e está certo, dinheiro velho é pra esmola,* e qualquer aborrecimento, qualquer contratempo, sopesava a melancólica mão sarrenta nos ombros do Luís Augusto, *Ah, meu filho, tivesse a sua idade, a sua saúde,* e suspirava, mirando as nuvens, o vento impelindo-o para longe, para São Paulo, onde, pressagiava, um pote de moedas de ouro aguardava os destemidos...

Não procurou ninguém, entretanto. Apeou na Rodoviária da Luz, manhã a meio, e, sugestionado pelo primeiro finório, pousou na Pensão dos Viajantes, quartícolo com vista para a algazarra da Rua Helvétia, enfiou a mala-de-papelão azul embaixo da cama, desabou o corpo fatigado, dormiu sono sem sonhos. Acordou, sobressaltado, o sol minguando por detrás dos telhados dos casarões decadentes. Lá embaixo, divisou, à janela, o frenético ir e vir das gentes apressadas arrastando bagagens e meninos enquizilados disputando espaço com os cavaletes de mercadorias dos vendedores-ambulantes e com o tumulto de buzinas e motores dos automóveis neurastênicos, a fumaça dos canos-de-descarga asfixiando a tarde. E teve medo. Sentiu uma vontade danada de correr até o guichê da Viação Itapemirim e adquirir uma passagem de volta, aceitando humilde o papel que a cada um cabe neste mundo, uns nascem para arrolar orgulhosos seus êxitos nos feriados prolongados e festas de fim de ano, tornando exemplo para as mães domarem os filhos desajuizados, *Fulano chegou dirigindo um carro zero-quilômetro!, Beltrano comprou casa e mobília pros pais, Deus seja louvado!, Sicrano anda por aí, peito estufado, saiu daqui com uma mão na frente outra atrás, e, agora, olha pra ele, parece um doutor!,* enquanto outros, desacorçoados, afundam obscuros em imundos botequins da periferia da cidade. Decepcionaria o pai, o Lalado, talvez a Júlia, o Toninho certamente não, mas contaria com o apoio da mãe, ela nunca compreendeu a teimosia do marido, porque ele fazia tanta questão de impingir seu menino para longe, para um lugar que sabia hostil, quantas mães esgotaram os nervos em noites maldormidas, quantas outras os cabelos branquearam à espera de cartas nem sequer postadas, quantas mais morreram de desgosto por adivinhar o filho desencaminhado pela cidade grande, quantos e quantos para todo o sempre perdidos!

Resistiu, entretanto. No restaurante da esquina jantou fingidamente desapressado um pê-efe, arroz-feijão-bife-batatinha-frita, bebeu uma Coca-Cola, tomou um cafezinho. Para fazer-o-quilo, enfronhou-se entre o povo na rodoviária. Distraiu os olhos passeando-os pelos guichês, cujas tabuletas exibiam nomes que evocavam pontos em mapas asseadamente copiados em papel-carbono, Recife, Fortaleza, Salvador, Brasília, Curitiba, Porto Alegre, e que representavam lugares onde provavelmente nunca poria os pés; descarrilhou o tempo esbarrando em atônitos passageiros, açodadas formigas equilibrando seus pertences nas escadas-rolantes; extasiou-se com a cúpula multicolorida que enchapelava o prédio. Depois, como que por acaso, arrodeou a baia de onde partia a linha para Cataguases e ficou espiando a lufa-lufa de embornais malas bolsas embrulhos caixas sacos trouxas sacolas, pesarosos braços e mãos em despedida. De longe, buscava identificar algum rosto, queria mandar um recado, Diga à minha mãe que cheguei bem, que logo-logo escrevo dando notícias, mas todos se acomodaram nas poltronas, não reconheceu ninguém. Permaneceu ancorado junto à pilastra: o motorista conferiu as passagens, falou qualquer coisa para o rapaz que trancava o bagageiro, esmagou a ponta do cigarro sob a sola do sapato, cerrou a porta, sentou-se, aprumou o banco, aferiu o espelho-retrovisor, fez o sinal-da-cruz, deu a partida e enfileirou-se entre os outros ônibus que no mesmo horário deixavam São Paulo. Só então suas pernas avançaram, indecisas, para dentro da noite quente que, lânguida, oferecia-se inteira à insônia, antecipando a solidão a que irremediavelmente condenara-se.

Porque decidiu romper em definitivo com seu passado. E para isso procurou distanciar-se de tudo que avivasse ainda que vagamente suas origens. Ignorou os apelos do pai e não visitou o tio Juca em São Bernardo do Campo, nem a madrinha Alzira na Saúde. Recusou-se a percorrer os saguões do Museu do Ipiranga porque diziam que certa rua do bairro, a Silva Bueno, estava infestada de conterrâneos. Excomungou Diadema, porque lá, sabia, empregavam-se os fresadores, torneiros e ajustadores-mecânicos diplomados pelo Senai da sua cidade. Tão logo pôde, escapuliu para bem longe da rodoviária — ensandecido, o coração aos coices, perdia o sono imaginando qual daqueles incontáveis ônibus com seu ronco estorvaria as aves da madrugada rumo a Cataguases. Na rua, ao cismar que vislumbrara algum conhecido, depressa trocava de calçada, submergindo na multidão. Só uma vez tentou-o o demônio da curiosidade: quando por acaso, repassando títulos de cedês esparramados numa banca de saldos, deparou-se, surpreso, com o Nilson trabalhando de segurança no Mappin. Rememorou-se adolescente, rosto derruído pela acne, tímido e arredio, largado pelo pai na casa da madrinha Alzira, estúpido joguete entre as garras da Natália, com quem estava apaixonado, aprendiz canhestro de ingênuas vilanias do irmão dela, este mesmo Nílson, que ao público se expunha agora, sobrenome estampado no crachá, **Guedes**. Quinze largos anos haviam transposto desde então... Fustigou-o o ardor de aproximar-se do terno-gravata e indagar o que cultivara para além do mexicano bigode e do sobressaliente abdome... Como vai sua mãe?, Ainda enfermeira correndo de um lado a outro? E a madrinha?, Ela tinha um puldo, lembra?, como ele chamava mesmo?, um nome engraçado... O padrinho entrevado, será que morreu?, tão sem saúde, coitado... E a Indiara? Lembra da Indiara?, uma empregada que vocês tinham... E a turma? Edu, Jimmy, Zezão, Dinho... O que terá sido feito deles? E... E a Natália? O que sucedeu com ela? Casou com o Wil? Ela namorava um tal de Wil, na ocasião... Tem filhos? Se formou? Mora aonde? Será que... será que, em alguma tarde gelada de domingo, ao desviar momentaneamente a atenção do programa da televisão, ela recorda, mesmo que por um frágil segundo, de um menino desajeitado e bobo, que conheceu em Cataguases e reencontrou em São Paulo num frio julho para sempre perdido? Mas percebeu-se um estranho desembarcando de um tempo remoto, ignoto. Se para ele aqueles nomes e rostos, suspensos na memória, resguardavam o encantamento de um instante único, para Nílson, edificado em homem sério, honrado, talvez marido e pai exemplar, provavelmente nada significavam. Algumas amizades se afrouxam, extraviam-se, esvaem-se, outras são construídas: Edu, Jimmy, Zezão, Dinho? Vagas imagens desfiguradas... Indiara?! Quantas outras sombras povoaram sua casa, sem nem sequer deixar registradas suas presenças? Wil?! Em quantas outras abissais, e efêmeras, paixões remoeram as angustiosas horas da Natália... Só em seu corpo o antigamente permanecia, cicatrizes cujas reminiscências conservavam-se latentes, invocadas por um fortuito olhar, um imprevisto roçar dos dedos. Mas para que ressuscitar a brasa dormida? Deu meia-volta, ganhou a calçada, cruzou rapidamente a Rua Xavier de Toledo rumo ao Viaduto do

Chá, extinguindo assim a luz que, por um instante, vazou pela pequena fresta, revelando o porão úmido e empoeirado onde se amontoavam as coisas irresolvidas...

Lenta, mas inapelavelmente, todos os dias dos últimos vinte anos dedicara a apagar os vestígios de sua passagem por Cataguases, e a tal ponto achava-se agora distante de sua infância, que assustava-se por não identificar-se na imagem do menino que emoldurava os quatro porta-retratos dispostos sobre a minúscula estante atravancando a quitinete alugada, na Vila Mariana (

cabelo liso, lambido de vaca, como dizia a inveja, blusa de flanela amarela (as cores deixavam-se adivinhar para além do preto-e-branco das fotografias), curta para aquela idade (seis anos, talvez?), chorte mal cortado, gastos chinelos-de-dedo

cabelo liso, repartido de lado, amansado pelo Brylcreem, camisa-de-malha de listras horizontais, azul-escuro e branco, bermuda mal-ajambrada, meia branca, lustrosos sapatos pretos

meio corpo debruçado à amurada da pequena varanda, no Beira-Rio, onde costumavam jogar botão, camiseta-sem-mangas branca, cabelos espetados, cara de sono

sério, com a mãe, o pai, o Lalado, a Júlia e o Toninho, no estúdio do *Foto Baião*, no verso a inscrição, *Lembrança da nossa família — Maio de 1976*, certamente tirada para oferecer aos parentes de São Bernardo do Campo

). E determinou-se a contrariar o destino: se operária sua involuntária ascendência, outra seria sua posteridade; se arribavam os colegas para atar casamentos apalavrados com desesperançadas penélopes, acercaria apenas de mulheres de distantes lugares; se natural fortalecer laços antigos por meio de inquebrantáveis amizades e parentescos inevitáveis, desprezaria datas festivas, sodalícios, comemorações, solenidades, reencontros, saudades. Quisesse, poderia rememorar, uma a uma, as raras incertas à cidade (quase sempre condicionadas a tragédias):

1981 – Impelido pela sombra enorme que, nas semanas que antecedem as festas de fim-de-ano em São Paulo, desmorona sobre os-que-nada-têm, buscou tornar à casa, em visita. Fazia falta a taioba com angu, o jiló frito, o arroz-doce, as manhãs recendendo a alho, a algazarra vespertina dos pardais; fazia falta até mesmo o cheiro enjoativo dos salgadinhos, a alegria interesseira do Dinamite, a indiferença do Toninho, a sempiterna ausência do Lalado, a impertinência ansiosa da Júlia, a excessiva compaixão da mãe, o peripatetismo do pai. E, de surpresa, aportou no Beira-Rio, sobraçando presentes. Na noite do Natal, o Lalado, que iniciara a bebedeira na hora do almoço, arrastaram-no desfalecido para a cama, após vomitar no chão da sala e no banheiro; o Toninho e a Delinha, apartados, refugiaram-se entre os pios da missa-do-galo, na Matriz de Santa Rita de Cássia; a Júlia, após estrilar por nonadas, escapou ao encontro de umas amigas; o pai, desacorçoado, desembestou para a rua, como sempre, quando aborrecido, cigarro deformando a boca. À mesa, um frango recheado com farofa, uma travessa de arroz-de-forno, uma garrafa de cerveja que amornava, cadeiras vazias. Dos arredores, ecoava, Feliz Natal!, Feliz Natal! Encabulada, a mãe, olhos baixos, pensara em desculpas, afinal, o Luís Augusto viera de tão longe!: O Lalado, coitado, lavora tanto, tem estado tão cansado ultimamente; O Toninho, esse só tem olhos pra noiva...; Sua irmã, você conhece, estopim curto, qualquer coisa e...; Seu pai, bem, seu pai é o que você sabe, homem bom, cordato, mas tudo tem que ser do jeito dele, da maneira dele; mas nada disse. Após lambiscarem a comida, em silêncio, ela juntou os pratos para lavar, perguntou se queria que passasse um café, respondeu que não, pediu a bênção, recolheu-se ao quarto que dividira com o Lalado. Espichado sobre o lençol, incomodava-o o calor intenso, o suor deslizando pelo corpo, o zunido de invisíveis pernilongos, o convulsivo pisca-piscar colorido de alguma árvore-de-natal vizinha. Nenhuma brisa para dissipar o fedor de álcool regurgitado que impregnava o cômodo. Pouco tempo, meses apenas, e no entanto já estrangeira aquela casa, nunca antes tão pequena, onde viviam confinados, sem intimidade, a Júlia dormindo no sofá da sala, as paredes vertendo conversas alheias, o ronco do pai, a mãe, insone, assustando os espelhos noturnos, a claridade escorrendo por debaixo da porta do Toninho, às voltas com cursos-por-correspondência, passos apressados na calçada, pneus que lambem paralelepípedos, vozes longínquas, o Rio Pomba enxaguando-se nas pedras encachoeiradas, e, dia seguinte, a labuta, despertar à mesma hora, pegar a bicicleta, bater cartão, voltar para o almoço, bater cartão, lereias à janta, deitar sonhando mundos melhores, diferentes, impossíveis... *Nunca mais...*

1982 – Desembarcou, contrariado, na manhã do dia 9 de outubro, em Cataguases, a mala abarrotada com dois jogos de lençóis-de-cama, dois de toalha-de-mesa e dois de toalha-de-banho e de-rosto, engorda para o enxoval do Toninho e da Delinha, que casaram às onze horas, na Igreja de São José Operário, ele, terno-gravata, ela, vestido-de-noiva. À noite, ao longo da festa no Clube Aexas, bebeu da cerveja conservada em latões de gelo e serragem, e comeu do churrasquinho no espeto, que deixou sua roupa fedendo a gordura e fumaça. A mãe montou os salgadinhos com que todos se fartaram; os docinhos, uma prendada cunhada da Delinha, casada com seu irmão, o Paco, que morava no Rio de Janeiro, elaborou. O Lalado, bêbado, soltou foguetes dentro do salão de festas, assustando os comensais; a Júlia vomitou vomitou vomitou; entusiasmado, o pai abraçou parentes, amigos, conhecidos, penetras. O casal viajou, na madrugada, para a lua-de-mel em Guarapari, oferta dos colegas da Industrial que se cotizaram numa vaquinha. Na volta, foram morar no Paraíso, de aluguel.

(No ano seguinte, 5 de março de 1983, a Júlia casou, grávida, para mágoa da mãe e desgosto do pai. Luís Augusto ausentouse à assinatura do Livro de Registro de Casamento Civil, ocorrida debaixo de um aguaceiro extemporâneo, num cartório do centro. A irmã nunca o perdoou. Envergonhada, a mãe entocouse ainda mais no porão da casa, ocupada com os salgadinhos, com o Dinamite, com as varizes; o pai entardeceu. Com o Toninho, meou um berço de segunda mão.)

1985 – A quarta-feira, 8 de maio, chocalhou-a um telegrama: Lalado sofrera um desastre na Rio-Bahia, perto de Itambacuri. Sob efeito de rebites, disseram, perdeu a direção, e o caminhão, desgovernado, espatifou no fundo de uma ribanceira, destruindo a carga de móveis. Permaneceu morre-não-morre em Teófilo Ottoni, por quase dez dias, mais de quatrocentos quilômetros longe de casa. Luís Augusto tirou licença de uma semana e fincou pé ao lado da mãe, devastada. Retornou em agosto, quando o irmão recuperava-se no nono andar do Hospital de Cataguases — manchas roxas espalhadas por todo o corpo, quebrara as duas pernas, o braço esquerdo, quatro costelas, e, por conta de uma concussão cerebral, ensurdeceu o ouvido esquerdo.

(Os médicos desenganaram Lalado de retornar à estrada. Não conseguiram prevenir os desmaios que o frequentavam inopi-

nadamente — minúsculos coágulos que flutuavam caprichosos em-dentro da sua moleira. Afastado pelo INPS, ainda teimou por uns meses em contrabandear cachaça de Itaperuna, até, na altura de Muriaé, despertar assustado ao volante com a buzina estridente de um caminhão-cegonha, que desviou da Kombi roçando o matagal que adornava o acostamento. Jurou, então, não mais conduzir fora dos limites de Cataguases. Apaixonou, entretanto: percorria, autômato, os botequins da cidade, do Ibraim ao Matadouro, da Vila Reis à Vila Minalda, estragando o fígado com beberagens, fernete, underberg, cynar, são-rafael, martíni, campari, cinzano, catuaba, jurubeba, canelinha, fogo-paulista, batidas de limão, de coco, de ovo, de amendoim, infusão de cobra... Vez em vez surgia esfolado, arranhado, escalavrado, escoriações creditadas a tombos e brigas, que, quando embriagado, arrogava-se a valentão, inconveniente e provocativo. A mãe chegou a suspeitar — será, meu Deus?, não é possível! — que Lalado mexesse com tóxicos, mas seu coração nunca comprovou o que seus olhos desconfiavam. Especulavam que o problema do filho era encosto, e recordavam certa feita quando ele teria caçoado de um fulano metido com-o-que-não-presta; ou de quando, exibido, teria chutado um despacho no campinho do Paraíso; ou ainda uma namorada, possessiva e despeitada, que teria feito um trabalho contra ele... E tanto encheram a cabeça da mãe que ela, arredando-se contrafeita das hóstias dominicais, anos e anos a fio arrastou-se com o Lalado por terreiros de macumba e mesas-brancas, cultos evangélicos e salões dos Alcoólicos Anônimos, até, em desespero, enveredar-se por um socavão de estradas abandonadas, esburacadas e poeirentas, um casebre de pau-a-pique no meio de um pasto de capim-gordura, cupins e voçorocas, entre Paiva e Oliveira Fortes, nas montanhas para lá de Rio Pomba, para além das Mercês, onde um ervateiro, intemporal, após consultar o Lalado num quarto de assoalho podre, colchão-de-penas-de-galinha coberto por imaculada roupa-de-cama assentado num catre, um copo d'água e um rádio-de-pilha sobre a mesinha raquítica, benzeu-o, e, em seguida, sozinho penetrou na mata entrevista no cocuruto do morro. Após horas, retornou, o embornal empazinado de folhas, preparou a garrafada, instruiu o Lalado sobre os procederes: ele nunca mais bebeu, nem desmaiou nunca mais).

1988 – Um telefonema do Toninho, no dia 22 de junho, alertou-o para o derrame do pai, mas, A Lívia está grávida, uma coisa meio complicada, o médico recomendou repouso absoluto, uma dor-de-cabeça que você não faz ideia, convenceu-se de que não havia como largar tudo e viajar de imediato, oferecendo o pescoço à culpa. Uma semana depois, a vez da Delinha, Guto, o seu Raul, infelizmente, etc. A insônia acalentou-o na noite gelada, poucas poltronas ocupadas na linha São Paulo-Ubá, os faróis tentando romper impotentes o nevoeiro espesso, o silêncio ruidoso do motor, o cheiro acre de roupas fatigadas. Recordava o último encontro, deixaram juntos o hospital, após visitar o Lalado, ainda muito judiado mas já fora de perigo, e caminharam em direção ao Beira-Rio, o pai pastoreando seus devaneios, Estou pensando em abrir um comercinho, tem um chegado meu, de Dona Eusébia, que fabrica biscoito, desses amanteigados, coisa fina mesmo, e aí, mas não escutava, sabia de cor aquelas histórias que nunca vingavam, que serviam apenas para engabelar seus dias insossos. Apeou sobressaltado na rodoviária de Ubá, manhã entrada, combinou a corrida com um motorista-de-praça, chegou em Rodeiro a tempo de velar o corpo na sala abarrotada da casa da tia Luzia, sufocada pelo fedor de parafina e flores agônicas. Abraçou, demoradamente, a mãe, vestígios de outrora recolhidos num traje de luto, o Toninho, o tio Jeremias, a tia Sílvia, apertou a mão de parentes insuspeitados, cumprimentou rostos sobrevindos do passado e outros nunca antes vislumbrados, e só então debruçou sobre o defunto que havia sido seu pai, as têmporas latejando, sono, cansaço, desalento. Observou o rosto mal barbeado, deformado mas sereno, como se, avistada a morte, ele, farto de tudo, houvesse capitulado sem resistência, e não sobrevieram lágrimas. Recusou, polido, a cadeira que alguém cedeu, e deixou-se conduzir à cozinha, vozes sussurradas atualizavam conversas largadas a meio. Tomou um gole de café ralo num copo-americano e mastigou, sem vontade, um pedaço de bolo-santista ainda morno. Ganhou o quintal, retângulo cercado por sarrafos de bambu entrelaçados a fios de arame-farpado, onde uma pequena roda fumava, discutindo a estiagem, Este ano, sei não, o açude lá no sítio já quase sem água (um viralata, acorrentado a uma estaca, contempla entediado uma galinha ciscar um monturo, expondo invisíveis vermes à gulodice de inúmeros pintinhos; a carcaça de uma bicicleta jaz largada junto a uma tulha em ruínas; urubus pontilham elegantes o céu azulíssimo). Súbito, repicaram os sinos da Igreja de São Sebastião conclamando para a missa de corpo-presente, interrompendo os murmúrios. Lentos e ordeiros, dezenas de pés esvaziaram os cômodos, em meio a queixas e gemidos refreados. Abatido, Luís Augusto deixou-se ficar, recostado ao poço-d'água. Um cheiro remoto de feijão refogado em banha-de-porco impregnou o ar. Aos poucos, o silêncio baixou no que restava da manhã, chilreio de pássaros, mugido melancólico de um garrote, barulho de água escorrendo da torneira, uma mulher triste, rotunda barriga imprensada contra a pia, lava paciente as vasilhas, alguém varre com energia o chão da sala, despojada agora do caixão e dos castiçais, um vento frio avança porta adentro, como a querer afastar para longe a morrinha da morte. A voz do padre tonitruou no alto-falante, Dai-lhe, Senhor, o descanso eterno, tangendo o réquiem. Resoluto, contornou a casa, ladeando um canteiro bem cuidado, roseiras, margaridas, cravos, jasmins, folhagens, dois pés de mamão e um limoeiro, entreabriu o portãozinho de madeira carunchada, e deambulou pelas imediações da praça principal, irreconhecendo a cidade, tomada por caminhões aguardando carregamento nas fábricas de móveis e de colchões. Teria sido desejo do pai o enterro em Rodeiro? Ele, que sempre dizia, com sua fala arrevesada, de colono pobre e indômito, que viver é transpor a morraria, Meu filho, é da roça pra Cataguases e de Cataguases pra São Paulo, São Paulo, sim, é um mundo, repetia, olhos brilhando; ele, que evitava evocar os tempos em que tocavam terras à-meia, em grotas e barrocas e furnas, puxando enxada entre pés de milho e de fumo, imerso até as coxas no barro de arrozais outrens — agora permaneceria para sempre abandonado naquele cemitério decrépito, amontoado de tumbas dependuradas barranco acima, sem arruamento. Então, o esquife surgiu no adro, alças sustentadas de um lado pelo Toninho e o tio Nenego, de outro pelo Lalado e o tio Juca. Constrangido, reparou que, metido numa calça jeans, numa camisa azul de manga-comprida amassada pela noite em-claro, se esquecera de trazer uma adequada roupa preta. Integrou-se, discreto, a uma das duas filas que espicharam-se, paralelas, encabeçadas pelas profundas olheiras da mãe e da irmã, braços dados, formando o cortejo que devagar, a meio-silêncio, evoluiu, cerrando as portas do comércio, sob curiosos semblantes debruçados às janelas. De que adiantara o pai bater pernas para cima e para baixo, andejo, inventariando novidades para estear a casa, se, sem emprego certo, profissão definida, tornou-se, à boca-pequena, o ridicularizado Raul *Salgado*? De que adiantara sonhar com a prole encaminhada, feita gente, se só colhera dissabores? As más línguas creditavam sua pressão-alta ao desgosto provocado pelos filhos. A Júlia, não bastasse ter casado às pressas, se separara, regressando, duas crianças nas escadeiras, corroída pela infâmia de, opinião corrente, haver traído o marido, podia ouvir o pai, balançando a cabeça, vaticinar, Pau que nasce torto... E ainda a desgraça de acompanhar sua conduta escandalosa, de, mulher desquitada, frequentar bares e bailes, carros estranhos estacionados à porta a desoras, a boca do povo maledizendo. E o Lalado, motivo de chacota e consternação, despertando-o assustado na madrugada, arriado no chão imundo de algum botequim, coberto de vômito, o corpo escoriado, obrigando-o a, vestido de vergonha, dirigir-se à delegacia para resgatá-lo da humilhação, esquecido num canto úmido da cadeia, companhia de maus-elementos, parceiro de ratos, de baratas. Ele, que ostentava orgulhoso uma vida reta, sem nódoas, pobres, sim, mas cabeça erguida, arrastava seu amargor pelos passeios, chicoteado pelo falatório público. Com o Toninho, operário ciente de horários e hierarquias, o problema patenteava-se diverso: não havia meios de se entenderem, para mágoa e desgosto da mãe. Se encetavam conversa sobre o tempo, logo convergiam para a política; se principiavam uma sobre a parentalha, dá-lhe política; se experimentavam outra sobre a poda da jabuticabeira, lá vinha a política, tresandando a discussão. O pai, inimizado dos Prata, por razões nunca desveladas, inconformava-se com o procedimento do filho na fábrica, puxa-saco de patrão, entregador dos colegas, amarra-cachorro que não media esforços para galgar posições de mando, e os encontros culminavam em bate-bocas, altercações, desavenças, favorecendo o rancor do Toninho contra o mundo, já que, deus-que-me-perdoe, castigo fosse, a Delinha não engravidava, por causa de um defeito no útero, de um-tudo fizeram, até médicos de Juiz de Fora, de Belo Horizonte, sem remédio. Restava o caçula, desagradecido, que homiziando-se em São Paulo dera as costas ao seu povo, cartas esparsas, raros telefonemas, breves notícias, também, como diziam com desdém, ficou importante, estudado, esqueceu da arraia-miúda, Nada pior do que a ingratidão, o pai entoava, embora, no íntimo, talvez se orgulhasse por ter conseguido empurrar pelo menos um dos seus para fora, ele, que acreditava sincero que a vida se resumia a isso, marchar em frente. Enquanto o coveiro assentava os tijolos que vedam a gaveta do túmulo, Luís Augusto, observando o séquito esparramado por entre as sepulturas, atinou o quão distante daquele mundo tencionava se conservar, mas também o quanto de visgo ainda o enlaçava àquela miséria, àquela desambição, àquele conformismo atávico, e, nem finda a cerimônia, esquivou-se dos pêsames, evitando a intimidade inquisitória dos parentes e dos irmãos, e despediu-se da mãe, que, desconsolada, sussurrou, Nossa família está desmoronando, meu deus. Enfiou-se no primeiro ônibus para Ubá, e voltou para São Paulo, em pânico, como se fugido de uma região empesteada, de uma zona deflagrada.

1996 – Incitado por dois colegas de infância, cujos nomes e rostos os anos moeram, certa feita Luís Augusto aceitou o desafio de penetrar numa casa para roubar — roubar qualquer coisa, pois que não havia no ato um objetivo financista, apenas a necessidade de provar a capacidade de, escolhido o alvo, invadir a residência, e, percorrendo os cômodos, voltar de lá, troféu na mão, um bibelô, um garfo, um pente que fosse, algo que incontestavelmente desfalcasse o patrimônio alheio. Escalara com destreza o muro, o conga apoiado nos ombros de um dos meninos, atravessou ligeiro o quintal malcuidado, o mato alastrando agressivo, e, na varanda-de-trás, descobriu, aliviado, a porta apenas recostada. Após, recordava-se arrependido no meio da sala, o tempo suspenso, janelas cerradas, veredas de luz projetando-se na penumbra, o coração xucro, o sussurro mecânico do relógio-de-parede, a certeza do flagrante, urgia escapar, mas as pernas paralíticas, hipnotizadas pela dança de minúsculas partículas de poeira, desobedeciam. Temendo o fracasso, lembrou que trazia umas pratinhas no bolso, troco indevolvido de algum mandado para a mãe, e resolveu usá-las como evidência de sua coragem. Rapidamente despulou o muro, e, na avidez de livrar-se do fardo, estatelou de mau jeito no passeio, destroncando o pé. Exibiu, orgulhosamente constrangido, as três moedas, sujas e gastas, na palma da mão. Os companheiros, zangados, empurraram-no, e, aos murros, socos e chutes, xingaram-no, gozando de sua covardia. Só pararam quando alguém que passava chamou a atenção, e eles, gestos ameaçadores, debandaram em direção ao Paraíso. Esta história, ocorrida quando tinha dez, onze anos, emergia sempre que lembrava de sua derradeira visita a Cataguases, para zelar, por menos de quinze minutos, o sono entubado de sua mãe, só-ossos, no CTI — o corpo frio, os olhos revirados, a pele magoada. Os primeiros tempos, após a morte do pai, ela ainda entreteve ideando reunir os estilhaços: agarrou-se com afinco à obtenção de um termo para o vício do Lalado; procurou reconciliar a Júlia com o Toninho; dedicou-se com denodo a ampliar o negócio dos salgadinhos, aceitando encomendas de bares e botequins do centro da cidade — de longe, Luís Augusto acompanhava a cruzada, em breves telefonemas cada vez mais espaçados. Mas logo o entusiasmo arrefeceu-se.

Curado, o Lalado embrenhou-se em catolicismos, dedicando-se ardorosamente a leilões e rifas para finalizar as obras da Igreja Nossa Senhora de Fátima e liderando a organização de excursões para Aparecida do Norte, de encontros de casais, de cursilhos, de retiros espirituais para os jovens. Com odor de santidade, envergava camisas-de-manga-comprida abotoadas até o pescoço, calças pega-frango cintura alta, corrião, sapatos pretos obsessivamente engraxados. Temendo o diabo, asilou-se num quartinho que construiu no lugar da horta, sacrificadas as goiabeiras, a jabuticabeira, um catre, uma cômoda, paredes enfeitadas com imagens de santos, um pequeno altar com estatuetas de gesso, velas para as almas, sempre a bisbilhotar a correção dos paroquianos, e deflagrou um incontornável conflito com a irmã, que despoticamente se apossou de todos os aposentos, como se a vingar pelos anos confinada à sala. Os filhos, formados na indisciplina, provocavam contínuas idas à escola para ouvir as reclamações dos professores, aos quais ela respondia com desprezo, criando monstros, como vociferava o Toninho, com quem mantinha uma rumorosa contenda pela herança, a casa caindo aos pedaços, que até advogados envolvia. O irmão não compreendia como ela podia demonstrar tamanha desconsideração pela dádiva de gerar uma descendência, enquanto a Delinha padecia da solidão e do desespero da esterilidade. A tudo, aos poucos, a mãe alheou-se. Desapaixonada pelos salgadinhos, abandonou o quintal para o Lalado (uma tarde de relâmpagos e trovões, assustado, o Dinamite abalou porta da frente afora, nunca mais voltou), e, esgueirando-se em silêncio pelos cômodos, receio de importunar os netos e a filha, acantonou-se no quarto, sobre a mesinha-de-cabeceira o retrato sépia do falecido, um Raul garboso, terno-gravata, cabelos glostorados, como o conhecera de-primeiro, um copo dágua para a dentadura e, na gavetinha, uma escova-de-cabelo, único luxo, e uma cartela de Valium para dormir, porque, embora a saúde-de-ferro, às noites fustigavam-na pesadelos terríveis, que minavam seu ânimo. Até um dia, colocou a camisola, deitou, cobriu-se com um lençol fino, emurcheceu. O estômago rejeitava comida, a voz entrincheirou-se no peito. Arrastava morosamente os pés ao banheiro, carcaça zumbizando rente às paredes, como se arrancado a fórceps tudo que em-dentro dela houvesse, restando músculos doloridos, látegos em fogo, destituída de vontades, apenas o desejo de abandonar-se à cama, inerte, assistindo as horas entredevorarem-se lentas, o corpo pendulando, vigiando o coração afrouxar, implacável, indiferente ao azul que, teimoso, explodia no quadro da janela, presa do demônio que insuflava suas memórias, uma tosca exibição de derrotas, de fracassos, de ruínas, sonhos adiados, anseios malogrados, ilusões perdidas, julgando que amanhã, e amanhã, e amanhã... E o amanhã desmoronou à sua frente, sufocando-a. O médico decretou, Depressão, prescreveu remédios e conselhos, mas a Júlia, revendedora da Avon; mas o Lalado, gerente de um restaurante-a-quilo; mas o Toninho, curso de capacitação profissional no Rio de Janeiro; mas o Luís Augusto, longe, enredado num aborto que empurrou seu casamento, já claudicante, para os estertores — três exasperantes anos de convulsões, sorvedouro de intolerâncias, desentendimentos, brigas. Quando ligava, atendia a Júlia, irritadiça, que, aos berros, acusava-o de ser um metido, de, agora que estava bem-de-vida, ter esquecido dos seus, Muito fácil, Guto, acompanhar daí de fora, muito fácil, porque não é você que tem que deixar de fazer as coisas pra cuidar dela, não posso sair, não posso me divertir, não posso fazer nada, estou amarrada no pé da cama dela, enquanto você fica aí, tranquilo, bem-feito pra mim, né?, afinal a estúpida sou eu, mas não esqueça, Luís Augusto, ela é sua mãe também, e é mãe daqueles dois imprestáveis dos seus irmãos, que acham que só porque fiquei morando na casa, que, aliás, está toda mofada, precisando de reparo no telhado, tenho que arcar com tudo, não é assim não, meu caro, só me procuram pra cobrar, pra me pressionar, que sou isso e que sou aquilo, mas ajudar, que é bom, nada, ninguém, não precisa se condoer com a minha situação não, Guto, eu sei que não represento nada pra você, que você me detesta, mas pense que a mulher que te botou no mundo está sofrendo, e que seus sobrinhos, que são seu sangue também, estão passando dificuldades, e mande algum dinheiro, tenho certeza que não vai pesar em nada pra você, agora que é jornalista, pessoa importante, etc etc etc. Quando, no dia 21 de outubro, a Lívia telefonou para a redação da revista **CONSTRUÇÃO HOJE**, onde atuava como repórter, anunciando a internação de sua mãe, A Júlia disse que parece que é problema de coração, intuiu que ela não sobreviveria. Três dias depois, uma quinta-feira, após fechar as matérias do mês, entrou no Gol e ganhou a Via Dutra. Não gostava de dirigir, mas a mulher tanto insistiu que, a contragosto, tirou carteira-de-motorista para levar as crianças à escola e conduzi-los, nos feriados prolongados, a Barra Bonita, onde moravam os sogros. Pensou, de início, alcançar Cataguases à tarde, mas, sem perceber, na medida em que a manhã se dispersava em variados tons de verde, ia diminuindo a velocidade — até parar num posto-de-gasolina, em Roseira. Estacionou, desceu, espichou os músculos, mijou, lavou as mãos e o rosto, e, encostado ao balcão do bar, engoliu um péssimo café ralo e mastigou um muxibento pão-de-queijo. Depois, demoradamente atravessou o pátio, e, à sombra de um feixe de árvores de troncos disformes, absorveu-o o barulho vrúmico dos ônibus, caminhões, carretas e automóveis que cruzavam ansiosos a rodovia. Invejou toda aquela gente que acelerava rumo a destinos precisos, tão diversa dele, que um dia imaginou que bastava apascentar as horas para afiançar a conquista de um castro, onde poderia abrigar-se e proclamar, Eis o meu lugar no mundo, aqui nenhum mal me acometerá, como quando criança, aconchegado no quintal entre touceiras de capim, adivinhando nuvens, o frigir dos salgadinhos no tacho de óleo quente assegurava a mãe, a um passo, cuidando de protegê-lo... Então, retomou a viagem. Em Barra Mansa desviou para a BR-393, e, após atolar-se na modorrenta tarde operária de Volta Redonda, o Rio Paraíba escoltou-o, enrodilhando-se na estrada, ora surgindo placidamente majestoso à direita, ora ocultando-se por entre as montanhas, vencidas uma a uma as cidades, Barra do Piraí, Vassouras, Paraíba do Sul... No trevo de Três Rios ingressou na Rio-Bahia, e, caprichoso, o rio agora encachoeirava-se à sua esquerda, altivo e indomável, espiando com soberba as casas que se alastram débeis em suas margens. Em Jamapará cruzou a ponte, despediram-se, e aspirou o cheiro de mato encoivarado de Além-Paraíba, a primavera docemente asfixiada. Pouco antes das seis horas, ao invés de prosseguir para Cataguases, decidiu parar em Leopoldina. A cidade agora possuía uma moderna rodoviária, mas, especulando de um e outro, topou com a praça de onde, antigamente, largavam os ônibus. Estacionou o Gol em frente a um trêiler de sanduíches desativado e sentou-se num banco da praça, fatigado e com fome. As luzes dos postes, borradas pela cerração, engolfam-se por entre os galhos das árvores mal podadas. Apressam-se os carros, estrilam as motocicletas, correm os transeuntes, nervosos todos penetram histéricos na apática noite feminina. (A brasa do cigarro do pai iluminou a sombra. Esfregando as mãos, Já-já eu volto, ausentou-se, desamparando-o, receio de perder-se, para sempre. Resfolegante, o ônibus encostou no meio-fio, pescoço em riste tentou localizá-lo, à porta tumultuam passageiros, coração esbaforido, pernas entontecidas. Afobado, ele reaparece, entrega-lhe um pacote de biscoito-depolvilho, cata as bolsas-de-napa, o trocador atira-as no bagageiro, indolente, o motorista confere as passagens, os documentos, apossam-se das poltronas 13 e 14, São Paulo aguardava-os, impaciente). Na esquina, comeu um mistoquente, bebeu uma cerveja, o corpo ligeiramente debruçado sobre o ensebado balcão tentava equilibrar-se no desconfortável banco redondo desparafusado. Ao seu lado, um sujeito, careca e franzino, engolia parcimonioso um resto de cachaça, o último pedaço de linguiça espetado num palito-de-dente. De pé, outro, gordo e suarento, camisa desabotoada, conspirava com o caixeiro, que, úmido pano-de-prato estendido no ombro direito, dividia sua atenção entre o freguês e o noticiário policial da televisão. Bitucas de cigarro afogadas em pequenas poças espalhadas pelo piso de lajota vermelha. Fedor de creolina empurrado pelas hélices imundas do ventilador pendurado no alto da parede esmaecida. A lâmpada fraca encharca tudo com sua cor doentia. Na calçada, um mendigo dançava bêbado, abraçado a uma garrafa vazia. Por volta das nove horas, encorajando-se, rumou para a MG-285. O farol do Gol varria o matagal que abraçava a estreita faixa de asfalto. Milhares de estrelas ardem o breu da noite. Em breve, numa curva, o Rio Pomba se entremostraria, indolente, e Cataguases, precários favos cinza mal iluminados, emergiria, açulando recordações. Trepado na garupeira da bicicleta do Toninho, o vento cálido acaricia seu rosto... A mão macia da Júlia conduz o espanto das letras no caderno-de-caligrafia... A volta na Kombi do Armazém do Lino, que o Lalado entregava compras, a molecada hidrófoba... A mãe, cheiro de querosene do fogareiro vermelho na tarde excluída do tempo... A viagem com o pai para São Paulo, uma semana cravada em seu coração simples, a certeza de que, a partir de então, Cataguases afundaria, lenta e inexoravelmente, numa terrível agonia, até morrer um dia, agora talvez, quando, sorrateiro, corta a cidade deserta, um viralata chafurda numa lata-de-lixo, um gato atravessa zunindo a rua, uma bicicleta, a cavernosa claridade de um botequim, e estaciona numa rua escura atrás do hospital. Dirigiu-se, furtivamente, ao balcão de informações, a atendente ao telefone. Esperou que desligasse e, então, explicou que morava em São Paulo, minha mãe está internada aqui, muito doente, o dia inteiro na estrada, amanhã pode ser tarde... Ela ouviu-o enfarada, disse ser impossível, ele insistiu, ela mandou que aguardasse, Vou ver o que dá pra fazer. Nas desconfortáveis cadeiras azuis de plástico um velho, rosto crispado, vergonha por sentir tantas dores; uma mulher e a filha adolescente grávida, ambas entrincheiradas no silêncio. Junto aos elevadores, um homem, meia-idade, zanzava, atribulado. Não tardou, a moça pediu que subisse ao terceiro andar, procurasse lá a Rita, enfermeira de plantão, que, compadecida, permitiu que entrasse no CTI, "por não mais que alguns minutos". Vestiu um avental azul desbotado, percorreu os ruídos sistólicos dos corredores, entrou no quarto, comoveu-o a mãe entubada. Trêmulo, apertou sua mão gelada, a pele magoada pelas agulhas, e ficou ali observando sua respiração custosa, irreconhecível naquele corpo só-ossos, tão distante daquela que evocava quando na solidão de São Paulo, cansados cabelos castanhos, sempre trinta e cinco anos, porém olhos mais antigos... Beijou o rosto lívido, saiu do quarto, percorreu os ruídos diastólicos dos corredores, desvestiu o avental azul desbotado. Na sala de espera, não mais o velho encaramujado em seu pesar — apenas a mãe e a filha inacessíveis; de pé, um estetoscópio penso no pescoço apaziguava o homem meia-idade. A brisa da madrugada inquietou os pardais que pipilavam adivinhados nos fícus. Condenaram-no com repulsa, quando, em dez dias, morreu a mãe e ele não compareceu ao velório nem ao enterro em Rodeiro. Ela, num átimo de consciência, sussurrou, lamuriosa, que desejava tanto rever o Luís Augusto que até mesmo imaginou-o certa vez visitando-a na madrugada, os dedos percorrendo seu braço descarnado, para escárnio de todos.

Outro, talvez nos primeiros tempos desistisse. Sem dinheiro, esquadrinhou pensões suspeitas, onde ansiosas as noites esbatem-se em sobressaltos
sirenas escandalosamente afobadas
gota dágua que pinga que pinga que pinga que pinga
passos metronômicos no corredor
decadentes prostitutas prostitutas noviças escaras tatuando a pele
gemidos simulados dissimulados
Daiana (Florisvaldo) agônica encharcou-se em álcool acendeu um cigarro
gritos porta batida esmurrada arrombada gritos
fétidos pijamas aguardam pacientes a conclusão
arde febril a interminável madrugada
sombras negociam trouxinhas de maconha sacolés de cocaína

camelôs estocam mercadorias vigaristas cultivam histórias
seu João comerciava morfina adquirida com falsas receitas
de lídimos médicos
tosse tosse tosse tosse tosse tosse tosse
quartos coletivos banheiros coletivos
um vizinho trepava de porta aberta
seringas sanguinolentas transfixam a veia o saco de lixo
o cheiro de gasolina queimada intoxica a escuridão
culpas tocaiam lembranças submersas em águas turvas
Dona Laurita gargalhava gargalhava gargalhava e soluçava
soluçava soluçava
repasto de sequiosas pulgas ávidos percevejos
colchões duros poeira janelas emperradas fiação exposta
solidão

Outro, talvez nos primeiros tempos desistisse. Sem rumo, esquadrinhou o centro da cidade, onde as tardes esbatem-se fatigadas, a sola do sapato desabituada a tanto andar, ziguevagando zonza entre vozes que apregoam pedem
protestam bradam solicitam impõem pregam abordam se-
duzem oferecem exigem incentivam mendigam sussurram
incitam reprimem bramem vaiam clamam reclamam pro-
clamam, buzinas buzinas buzinas, roncam motocicletas
roncam carros roncam ônibus roncam caminhões roncam
carretas helicópteros roncam não há vagas volte outra hora
sabe dirigir? tem veículo próprio? experiência no ramo?
resmungos desprezos desdéns

até

office-boy no escritório Souza, Martinez, Ranieri & Lima
Advogados, especialistas em ludibriar clientes incautos que
homens-sanduíches aliciam nas esquinas, demandas traba-
lhistas, demandas contra o Estado, demandas
secretário do Dr. Palombo, três meses infaustos na expec-
tativa de que tocasse o telefone o interfone a campainha,

nunca percebeu o que fazia, entrincheirado na sala, engravatado, sozinho, uma segunda-feira de manhã encontrou a porta escancarada, o cômodo vazio, ninguém soube onde descarregara os poucos móveis

faz-tudo no sebo Amaralina, labirínticas montanhas de embolorados livros jurídicos (um cliente, o Dr. Sant'Anna, guiou o passo seguinte,

atendente na Livraria Freitas Bastos

, incentivando-o a retomar os estudos, conseguiu desconto num cursinho pré-vestibular e orientou-o para o jornalismo, "Alicerce intangível da democracia", já que, argumentava, havia tido uma *anterior experiência nesta tão digna profissão*).

Outro, talvez nos primeiros tempos desistisse. Os dias esfalfavam-se engravatados entre prateleiras prenhes de vade-mécuns, constituições, códigos de processo civil e penal, calhamaços de direito internacional, comercial, trabalhista, previdenciário, administrativo. Sol posto, ensardinhava-se dentro de ônibus que impacientes rugiam nos pontos excitando a vaga exausta. Arrastava-se escadaria da Cásper Líbero acima, para, em salas abafadas e exclamativas, sacrificar-se, a adaga de obsidiana rasga-lhe o peito extirpando o coração, nunca mais Cataguases, nunca mais.

E então enfeitiçaram-no as chispas que emanavam dos olhos castanhos da Lívia, diretora cultural do Centro Acadêmico, veterana de cartazes e faixas, abaixo-assinados e passeatas, por quem cordeiramente submergiu entre os mais de um milhão e meio de cabeças que, numa noite de abril de 1984, inundaram o Vale do Anhangabaú exigindo o fim da ditadura e eleições diretas já. Dois anos mais velha, seus tênis maltratados deslizavam pelos corredores da faculdade equilibrando pernas firmes sempre envoltas em surrados jeans, encimados por blusas delicadas, que destoavam da indumentária austera alardeada por seus colegas da Libelu. Lívia dividia com uma amiga um apertado apartamento na Lapa e, senhora do tempo, onipresentificava-se, encontros estudantis, reuniões partidárias, distribuição do jornal **O TRABALHO**, aulas, e o estágio de revisora na **Folha de S. Paulo,** minguado dinheiro que dissipava-se antes do final do mês. Luís Augusto acompanhava-a a empoeirados cinemas, morrinhentos teatros, estranhas festas, animados botequins, enfadonhos saraus, conspirativos porões, indolente sempre, absorvido pelo anseio de banhar-se em águas que eliminassem aquela tênue camada que recobria-lhe a pele, denunciando suas origens, o sotaque, a timidez, a roupa mal-ajambrada, a ignorância, enfim, um mundo antigo do qual buscava avidamente escapar.

Formada, ela empregou-se repórter no **Shopping News;** ele, livrando-se dos jargões da livraria, obteve um estágio no 𝔇iário 𝔓opular. Entusiasmada, alugaram uma quitinete no Jardim Jussara, divisa com Taboão da Serra, mais de uma hora para percorrer as vias entupidas que ligavam-nos ao trabalho. Acreditavam-se felizes quando, dividindo a minúscula janela, observavam os evanecentes faróis que cruzam a Avenida Francisco Morato, especulando o futuro, que se entremostrava numa casa arejada e ampla povoada por irrequietas crianças (duas ou três), cachorros, gatos, velocípedes, chupetas, bolas de futebol, garatujas inscritas numa lousa, brinquedos esparramados pelo chão, uma rede uma estante-de-bambu um quintal. Lívia oscilava entre carreiras, atriz, escritora, dona de uma escola alternativa, jornalista mesmo talvez. Luís Augusto, este, amargava uma crônica gastrite.

Quando falhou a menstruação, inauguraram os desentendimentos. Ela, exasperada, cobrou mais empenho, determinação, coragem, Você é um anêmico, que se contenta com nada!, enquanto, acuado, ele gaguejava, Por mim, Lívia, tudo bem... a gente dá um jeito... é uma questão de, Que jeito, Guto, não temos condições nem de comprar um berço! E empanturrou-se de Cytotec, engoliu alguns comprimidos, outros introduziu na vagina, desencadeando um sangramento tão grande que, crocitando, a morte rondou-lhe o corpo, arranhando, atrevida, a pele, bicando, gananciosa, os olhos. No Pronto-Socorro Iguatemi, o médico anunciou, Você está tendo um aborto, e ela, balbuciando, Aborto?, Nem sabia que estava grávida, adivinhou-lhe o desprezo, a condenação. Internou-a, fez a curetagem, estancou a hemorragia. Voltou para casa pálida, apavorada, vazia. Ressentida, lamentou, vida afora, Ah, não tivéssemos tirado, hoje ele teria "tantos" anos...

Determinada, dois anos mais e ganhou a Iara, os derradeiros meses da gestação em repouso absoluto, imersa na **Autobiografia de um Iogue**, Paramahansa Yogananda despertando-a para os sete chacras, meditação transcendental, incensos, óleos essenciais, velas aromáticas, massagem reiki, comida vegetariana. Por esta época, alugavam uma diminuta casa na Vila Beatriz, os galhos de uma goiabeira raquítica estorvando a paisagem da janela, ferros-a-brasa tornados em vasos de violetas, mandalas em toalhas-de-mesa, miçangas em cortinas. As noites descartava-as em fraldas sujas e um cachorro vizinho que uivava uivava uivava. Ela distribuía currículos, ele escrevia sobre mercado imobiliário no **Diário do Comércio e Indústria**.

Dois anos mais e ganhou o Eric, os derradeiros meses da gestação em repouso absoluto, vaga angústia sofreando-lhe a garganta, a todo instante exigia enlaçar a Iara, que, arteira, engatinhava explorativa por entre os móveis adquiridos na Tok & Stok que atravancavam o sala-dois-quartos no Butantã, financiado pela Caixa Econômica Federal. Quis casar, uma modesta cerimônia no salão-de-festas do prédio, poucos amigos, a parentalha de Barra Bonita, entrevista nas breves reuniões de fim de ano e feriados prolongados, a sogra secarrona, o sogro brincalhão desbaratado atrás de cartomantes, quiromantes, mães-de-santo, o cunhado encantado com suas piadas preconceituosas, a divertida cunhada professora primária, o esquivo concunhado, a compassiva tia viúva agregada, o primo alcoólatra, inconveniente já no-após primeiro copo de cerveja. De começo estranharam o distanciamento de sua família, perguntavam, indagavam, inquiriam, a Lívia insistia em conhecê-los, desejo de exibir os rebentos, compará-los com os sobrinhos, mas, na medida em que os dias anulavam-se no calendário, renunciaram a qualquer curiosidade. Insatisfeita, lamentava o exílio a que se vira forçada, presa em casa às voltas com papinhas e mamadeiras, gases e curativos, cocô e xixi. Apartada do mercado-de-trabalho, restara-lhe a enfadonha revisão de livros de autoajuda, romances água-com-açúcar, negócios, ocultismo, teses de mestrado e de doutorado, o que a impelia a ressaltar a inapetência do marido, batendo cabeça por redações de jornais de bairro e revistas segmentadas, sem carteira-assinada, férias, décimo-terceiro salário, plano de saúde, nada, náufrago de sua própria história.

Dois anos mais e irrompeu uma nova gravidez. Alertas, redobraram as atenções — veio a sogra velar pela filha e vigiar os netos, Luís Augusto candeado para o sofá da sala. Cinco meses privaram com dores e hemorragias, urgentes passagens por pronto-socorros lotados e infectos, braços roxos de veias perfuradas, despenhadas olheiras, brancura de esgotamentos, até uma madrugada a camisola, os lençóis, o edredom, o colchão, o sonho, tudo empapar-se em sangue, extinto abruptamente em anestesia e pinças. Abalados, redemoinharam as discussões, um copo sujo largado na pia, um adjetivo suscita rancores incauterizados, um gesto incendeia acusações desvairadas, certezas pétreas que a tormenta avalancha — a Iara e o Eric, aterrorizados, ensimesmavam-se. Culpados, atolavam em dívidas, festas de aniversário em bufês chiques, engenhocas eletrônicas, roupas de grife, carro zero-quilômetro, atrasadas as prestações do plano habitacional, estourados os cartões de crédito, rubras contas bancárias. Onze anos, a solidão a que haviam se condenado.

Imerso entre os milhares de calções e camisetas numeradas, sob um calor de mais de trinta graus, aguardando o sinal para o início da largada da Corrida de São Silvestre, na tarde do último dia de 2002, tudo, tudo isso Luís Augusto buscava esquecer.

Inferno Provisório

VOLUME V
Domingos sem Deus

As histórias:

Mirim.. 13

Sem remédio 21

Trens 37

Sorte teve a Sandra............................ 43

Milagres.. 53

Outra fábula....................................... 69

Domingos sem Deus
é para Claudiney Ferreira

Luiz Ruffato – Nasceu em Cataguases (MG) em 1961.

Publicou:*

Histórias de remorsos e rancores** (histórias, 1998)

(os sobreviventes)** (histórias, 2000) – Prêmio Casa de las Américas
– Menção Especial

Eles eram muitos cavalos (romance, 2001 – 7ª edição, 2011)
– Prêmio APCA de melhor romance de 2001 e Prêmio Machado de
Assis de Narrativa, da Fundação Biblioteca Nacional
– Come tanti cavalli (Milano, Bevivino Editore, 2003)
– Tant et tant de chevaux (Paris, Éditions Métailié, 2005)
– Eles eram muitos cavalos (Espinho, Quadrante, 2006)
– Ellos eran muchos caballos (Buenos Aires, Eterna Cadencia, 2010)

As máscaras singulares (poemas, 2002)

Os ases de Cataguases (ensaio, 2002 – 2ª edição, 2009)

Mamma, son tanto felice (Inferno Provisório – Volume I, romance,
2005) – Prêmio APCA de melhor ficção de 2005
– Des gens heureux (Paris, Éditions Métailié, 2007)

O mundo inimigo (Inferno Provisório – Volume II, romance, 2005)
– Prêmio APCA de melhor ficção de 2005

Vista parcial da noite (Inferno Provisório – Volume III, romance,
2006 – 2ª edição, 2011) – Prêmio Jabuti, da Câmara Brasileira do
Livro

De mim já nem se lembra (romance, 2007)

O livro das impossibilidades (Inferno Provisório – Volume IV,
romance, 2008)

Estive em Lisboa e lembrei de você (romance, 2009 – 1ª reimpressão,
2009)
– Estive em Lisboa e lembrei-me de ti (Lisboa, Quetzal, 2010)
– Ho stato a Lisbona e ho pensato a te (Roma, La Nuova Frontiera,
2011)

---

* Todos os títulos, à exceção de *De mim já nem se lembra* e *Estive em Lisboa e lembrei de você*, são publicados pela Editora Record.
** *Histórias de remorsos e rancores* e *(os sobreviventes)* foram incorporados ao projeto Inferno Provisório.

Este livro foi impresso em off-white 90g/m^2
no Sistema Cameron da Divisão Gráfica da Distribuidora Record